无障碍阅读　精美插图　名师点评

【中国青少年必读名著】

战争与和平

[俄] 列夫·托尔斯泰◎著　焦庆锋◎编

彩色美绘版

中国青少年必读名著

黄河出版传媒集团
宁夏人民出版社

图书在版编目（CIP）数据

战争与和平 /（俄罗斯）托尔斯泰著；焦庆锋编 .— 银川：宁夏人民出版社，2015.11
（中国青少年必读名著）
ISBN 978-7-227-06181-6

Ⅰ.①战… Ⅱ.①托… ②焦… Ⅲ.①长篇小说—俄罗斯—近代 Ⅳ.① I512.44

中国版本图书馆 CIP 数据核字（2015）第 294176 号

中国青少年必读名著
战争与和平　　［俄］托尔斯泰　著　焦庆锋　编

责任编辑　康景堂　李彦斌
封面设计　焦庆锋
责任印制　肖　艳

黄河出版传媒集团
宁夏人民出版社　出版发行

地　　址　银川市北京东路 139 号出版大厦（750001）
网　　址　http://www. yrpubm.com
网上书店　http://www.hh-book.com
电子信箱　renminshe@yrpubm.com
邮购电话　0951-5052104
经　　销　全国新华书店
印刷装订　三河市恒彩印务有限公司
印刷委托书号　（宁）0001337

开　　本　640mm × 920mm　1/16
印　　张　12
字　　数　120 千字
印　　数　6000 册
版　　次　2015 年 12 月第 1 版
印　　次　2015 年 12 月第 1 次印刷
书　　号　ISBN 978-7-227-06181-6/I · 1572

定　　价　19.80 元

前言

世界名著是人类文化艺术发展道路上的丰碑，它以生生不息的思想力量、经久不衰的语言魅力深深打动着一代又一代的读者。对于青少年而言，大量阅读文学名著，是行之有效的阅读行为。文学名著凭借超拔的构思、动人的故事、隽永的语言，实现了文学大家对自然与人类社会不凡的理解和想象。沉浸其中，会让你成为一个对事物有通达理解的人，一个个性健康、感情充沛、志趣高尚的人。总而言之，读名著对你的智商与情商的提高都有莫大的好处。

为了系统地向广大青少年传递世界名著精华，我们精心组织编写了这套《中国青少年必读名著》。我们从浩瀚的知识海洋中，撷取精华，汇聚经典，将最受世界青少年青睐的作品奉献给大家。该系列丛书会给读者朋友们打开一扇心灵的窗户，让读者朋友们在知识的天地里遨游和畅想，为青少年朋友们搭建一架智慧的天梯，让我们在知识时空中探幽寻秘。本套丛书内容健康、有益，紧扣中学生语文课标，集经典性、知识性、实用性、趣味性于一体。我们精选的这些名著都是经历了历史与时间的检验，是公认为最具有杰出思想内涵或文学艺术品位的名著，是一份让广大青少年朋友品味人类知识精华的大餐。

由于编纂时间仓促，加之编者水平有限，编写过程中难免出现纰漏，还望广大读者批评指正。

阅读导航

名家导读

名家导读就像浩瀚海洋中的灯塔，引导你正确地思考，在阅读引领的指引下开始每章的旅程。

延伸思考

伴随着故事情节的发展，针对一些关键性的情节展开疑问，加深读者对作品的印象。

两封信

名家导读

尼古拉奉命去非战区的小都市采购军用马匹，在那里他遇到了谁呢？

尼古拉没有参加过鲍洛季诺的大会战。

因为在会战的四五天前，他突然接到命令，要派遣他到非战争区域的小都市去采购师团所需的军用马匹。

尼古拉是联队中有名的骑马能手，同时也以识马而闻名，所以特别被上司所器重，将购马的任务交给他。

延伸思考

【解释说明】通过解释尼古拉被选中前去采购军用马匹的原因，这也是尼古拉免于遭受战场的生死危险的原因所在。

尼古拉在战友们的羡慕声中，率领着一小队的士兵，向所指定的小都市出发了。

尼古拉到达那个小都市时已是9月的中旬，莫斯科被敌军占领而且被大火烧掉的消息，已经传到那里了。

尼古拉先到县长官舍去访问，请地方官帮助他物色好马。

出来接见他的县长夫人，见了尼古拉便高兴地说：

"你是罗斯托夫伯爵的公子吧？我在好久以前曾见过你的面呢！我们在莫斯科的时候，也跟你母亲时常有交往。"

在那小都市里，有许多莫斯科上流社会的绅士逃难到那里，他们以县长夫妇为中心人物，组成跟在莫斯科同样性质的社交集团。从战场传来的好消息与坏消息，常常使安德烈公爵看到年幼的儿子，又怜又爱，脸上虽浮着微笑，心里却是一阵酸楚，眼中不觉流出泪来。

从这一天起，这孩子跟着玛丽亚走进病房来的时候，一看到娜塔莎就很高兴，用他那种爱恋的、俊美的眼睛望着娜塔莎，客客气气地跟她亲近着。

玛丽亚到达的第五天，安德烈公爵就安详地去世了。

延伸思考

【情景描写】通过描写安德烈公爵与儿子见面后的情景，一种凄凉的氛围让人痛心不已。

名|家|点|评

玛丽亚带着哥哥的儿子终于见到了生命垂危的安德烈公爵，她们和娜塔莎一起陪伴着安德烈公爵走完了他生命的最后几天。

拓展训练

1. 玛丽亚到来的时候是谁去迎接的？
2. 伯爵夫人热情地招待玛丽亚的真实原因是什么？
3. 安德烈公爵临终对玛丽亚做出了什么请求？

名家点评

每节故事后，都有名师对这节关键内容进行剖析，对精彩内容进行点评，让读者产生共鸣。

拓展训练

读过每一章的故事之后，我们不妨在思维拓展的问答题之下回味这一章精彩的瞬间。

阅读导航

目录

MULU

目录

目录

MULU

乐天贵族

名家导读

人们总是热爱和平厌恶战争，但总是有一些野心勃勃的家伙发动战争，那在战争与和平的交替中又有些什么样的故事发生呢？让我们一起来看《战争与和平》吧。

1810年的冬天，罗斯托夫伯爵带着两个女儿，从莫斯科到俄罗斯的首都彼得堡来。

罗斯托夫伯爵在莫斯科和彼得堡的两处的房产现在都变成借债的抵押品了。

伯爵在自己管辖的偏僻的田庄生活时，常常率领了几百只猎狗，去狩猎野狼和狐狸，一连好几天在林野里奔驰着也不感到疲倦。

这位伯爵自从年轻时起，就只管玩，并没有从事什么工作。

他很快就把父母遗留给他的庞大财产都花光了。到了儿女长大时，已经开始为负债累累而感到头痛了。

“糟糕！不想个办法怎么行？”

乐天派的伯爵，现在开始着急起来了。但他还想不出妥善的办法，只得离开生活水准较高的城市，回到乡下自己的田庄去过日子。

伯爵有四个孩子，大女儿已经出嫁，大儿子尼古拉正

延伸思考

【对比描写】罗斯托夫伯爵年轻时无所事事，只会玩乐，现在把家产花光了，开始着急了。这前后形成鲜明对比，看来乐天派也不是没有烦恼啊！

在军队里服役，担任骠骑兵中尉。

目前在伯爵膝下的有次女娜塔莎，和还在保姆照料下的小儿子彼恰，还有一个叫索妮亚的姑娘。

索妮亚不是他们的亲生女儿，而是伯爵夫人的侄女。因索妮亚生下来不久，她的双亲就相继去世，伯爵夫妇把她带在身边，如亲生女儿一般地抚养她。

索妮亚虽然早就知道自己的身世，但却称呼伯爵夫妇为“爸爸”“妈妈”。

延伸思考

【侧面描写】索尼娅虽然知道自己的身世，可还是叫自己的姑姑、姑父为爸爸、妈妈，从侧面反映出伯爵还是个很不错的人。

娜塔莎现年十六岁，索妮亚十八岁，比她大两岁。

罗斯托夫伯爵打算回乡下过活时，最觉得过意不去的是：娜塔莎和索妮亚两个女孩子刚到参加社交生活的年纪，而这一去将使她们失掉社交机会。为了要让这两个女孩子享受最后一次快乐，伯爵明明知道要多浪费不少钱，但他并不在乎这些，特地从莫斯科带她们到彼得堡来。“我们已经不富裕了，不节省不行啊，大家知道了吧。”

延伸思考

【背景介绍】明知道自己的经济状况不佳，还是要给女儿们创造社交的机会，罗斯托夫伯爵虽然败家，但作为父亲还是称职的。

伯爵常常这么说，但他却还是时常招待那些不太熟悉的人吃饭。因此，伯爵在彼得堡逗留时，家里的客人总是川流不息，佣人们照常忙碌不停。

这年将近年终的一天，有位大官邀请罗斯托夫伯爵一家人去参加每年都举行的大舞会。

因为皇帝陛下也会驾临这个大舞会，所以只有著名的贵族和官员显要才能受到邀请，这个舞会当然成为最高级的舞会了。

“正好我带女儿们到彼得堡来，真是老天不负有心人！”罗斯托夫伯爵高兴得眉开眼笑起来。

名家点评

一个没落的贵族，在意识到败落的危机后，虽然着急但还是不愿脱离上层社会的生活，真是由俭入奢易，由奢入俭难啊！

参加舞会

名家导读

伯爵想让女儿们参加社交，机会来了，咱们来看看他们为这次舞会是怎么准备的。

从伯爵告诉家人他们接到大舞会的请帖这天起，全家便开始骚动起来。

伯爵夫人、娜塔莎、索妮亚，还有几个小女仆，天天都谈论着当日要穿的衣服、戴在身上的宝石，还有帽子、鞋子以及琐碎的携带物品等。

那天早晨，往常晚起的娜塔莎却比任何人早起，她催促着母亲和索妮亚赶快准备，同时又忙着指导她们该怎样打扮。

细心而好胜的娜塔莎这样想：

“光我一个人装饰得像孔雀那样好看，万一妈妈和索妮亚打扮得不漂亮，那也不行呀！是的，我应该好好监督她们，使她们装扮得一点儿缺点也没有，直到我认为满意为止……”

索妮亚是个温和而内向的女孩，她很听娜塔莎的话，娜塔莎要她怎样做，她就怎样做。

伯爵夫人到底年老了，对于许多事情都提不起精神来，因此，也就任娜塔莎摆布，接受她所出的一切主意。

延伸思考

【心理描写】从这段心理描写我们知道娜塔莎不仅想要自己打扮得漂亮，而且还要妈妈和索尼娅也漂亮，这突出了少女的爱美天性。

娜塔莎指挥着女仆打扮伯爵夫人和索妮亚，直到自信已十全十美，没有一点儿毛病的时候，自己却还没有准备好，耽误了预定出发的时间。

原来罗斯托夫伯爵一家还要去约一位远亲的老夫人，然后才赴舞会。

那位夫人长久做皇太后的女侍，对于宫中的情形了解得很清楚，而且认识许多政府中的显要，所以罗斯托夫伯爵夫妇拜托她在舞会那一夜做他们的向导。

延伸思考

【背景介绍】罗斯托夫伯爵虽然贵为伯爵，但想要认识更多的政府要员还得别人的引荐，看来伯爵也是个懂得人情世故的人。

本来伯爵跟那位老夫人约定在晚上十点钟，他们的马车要去接她。

现在已经九点半了，娜塔莎连衣服都还没有穿好呢！她对着镜子认真地化着妆。女仆流着汗替她梳头发。

索妮亚差不多准备好了，她正在打算在白色晚礼服（跟娜塔莎同一颜色）的胸襟上别上一朵红蔷薇花时，娜塔莎从镜中看到了，不耐烦地叫着：

“索妮亚，不是这样。到这里来，快！”

娜塔莎转过头去。替她梳头的女仆哀求道：

“小姐，请别动，就要好啦。”

这时，伯爵夫人问：

“娜塔莎，你还没有准备好吗？”

“就好了，快了……妈妈准备好了吗？”

“只戴上帽子就行了。”

“让我来吧！妈妈恐怕弄不好。”

延伸思考

【语言描写】从这些对话描写了娜塔莎为了舞会准备手忙脚乱的样子，这也看出了她迫不及待地想参加舞会的激动心情。

罗斯托夫伯爵耐不住了，到房外催促着。

“时间到了，慢吞吞地在那里做什么？叫老人家等着我们好意思吗？”

可是，发生了极糟糕的事：试穿过几次的晚礼服，现在又发现太长了一点儿。

“娜塔莎，已经来不及了，怎么办呢？”索妮亚几乎哭出来，她比娜塔莎还急。

女仆急忙拿针线来，开始替娜塔莎把衣服缝短一点儿。

就在这个时候，娜塔莎看见穿大礼服、满身洒香水的伯爵走进来，惊喜地一边喊：“爸爸真好看，漂亮极了！”一边要移步去吻父亲。结果线被挣断了，折好的衣服又变成原来的样子。女仆只好重新再来。

这样，距离约定的时间延迟了半个钟头后，罗斯托夫伯爵一家人才乘上马车，接老夫人去。

老夫人早就准备好了，马车一到便登车跟伯爵一家人赴会了。

到了会场的大客厅里，主人夫妇表示欢迎他们。“哪一位是你亲生的小姐？两位都很漂亮，真惹人爱……”主人望着娜塔莎和索妮亚的背影，向罗斯托夫伯爵低语着。

娜塔莎和索妮亚手拉着手，在老夫人的引导下，往灯烛辉煌的客厅里移着脚步。

两人的前后左右，都是打扮得很漂亮的贵妇人们，她们穿着五色十彩、灿烂夺目的衣服，矜持而庄重地走着。

当娜塔莎她们走过一群年轻人的旁边时，立刻引起了一阵骚动，仿佛大家在赞叹她们的美丽。

“我跟索妮亚都长得很漂亮，所以这样惹人家注意。”娜塔莎这样想着，内心感到很得意。可是，一会儿她却又感到不安起来：“他们这样注视我们，是不是我们的身上有什么不妥。”

当她们走过有镜子的地方时，娜塔莎向镜子投了一瞥，分不出自己和别人的影像，因为大家已混成一个灿烂的行列。

这时，老夫人在娜塔莎的身边低语着：

延伸思考

【侧面描写】从参加舞会人员的穿着和神态来看这次舞会应该是很隆重，规格相当高。

延伸思考

【心理描写】这里描写了娜塔莎自认为长得漂亮的得意心情和又害怕出丑而内心不安的矛盾心理。

“你看！她就是彼得堡社交界著名的女王——爱伦伯爵夫人。”爱伦伯爵夫人像会走动的维纳斯（爱神，美的化身），她是个高个子，出众的贵夫人。这位爱伦伯爵夫人的丈夫——皮埃尔，跟罗斯托夫伯爵一家人很要好，但不知什么缘故，爱伦从没有到罗家来过。关于爱伦夫人的美貌和喜爱交际的性格，娜塔莎是常常听人家说起过的，今晚只不过是初次见到罢了。

延伸思考

【比喻手法】维纳斯是古希腊神话中的神仙，代表爱情和美丽。把爱伦伯爵夫人比喻成维纳斯，说明她也非常的漂亮。

“你瞧着吧，那么多的年轻人和年老的要人，不都跟在爱伦夫人的后面走吗？他们都是崇拜爱伦夫人的。这也难怪，她是位动人的美人儿，人又聪明，听说对于政治，还有她独特的见解和特殊的势力……”

老夫人将社会上的传言讲给娜塔莎听，她忽然又指着穿过大厅的一位太太和她的很丑的女儿说：

“她是有百万家财的大闺女，追求她的人可真多哟，你看那些年轻的男人……”

娜塔莎看见包围那富家女的男人当中，有一个个子高大、穿着华丽的骑兵禁卫服、长得很漂亮的年轻军官，正高傲地睥睨着一切。

“我将要跟这种人跳舞呢！”娜塔莎偷偷地想到这里，心脏禁不住怦怦跳起来。

延伸思考

【心理和神态描写】通过心理和神态描写表现出少女的爱美心性和情窦初开时的羞涩。

老夫人立刻察觉到了，悄悄指着那青年军官说：“多帅的美男子！不是吗？他就是爱伦夫人的哥哥阿那托尔。社交界的人都在那里说：阿那托尔的父亲盼望儿子能娶到那富家女。这也难怪，阿那托尔很粗暴，又很放荡，把好几万的钱像水一般地花掉……”

娜塔莎听了，感到很失望。长得又帅又文雅的青年军官，怎么会是一个父亲感到头痛的败家子呢？她真不敢相信自己的耳朵。

这时候，乐声响了，集在大客厅的人们，立刻分站两边，让出一条路，然后全都静下来了。

皇帝陛下驾临了。

接着，年轻的亚历山大皇帝随着主人夫妇走进大客厅来，他边走边对向他行礼的两边的人频频点头。

大舞会开始了。

名|家|点|评

罗斯托夫伯爵为了女儿的成长，让她们参加社交舞会，这也许会使伯爵的经济状况更加恶化，但身为父亲想尽办法给女儿完整的人生，这很值得人敬佩。

拓展训练

1. 听说要参加一个盛大的舞会，娜塔莎心情是怎样的呢？

2. 罗斯托夫伯爵邀请谁做他们的向导呢？

3. 人们把爱伦伯爵夫人比作谁来形容她的美丽？

难忘的一天

名家导读

娜塔莎终于如愿以偿地参加了这次舞会，舞会盛大的场面和舞会上的人和事都给她留下了难以磨灭的印象。

乐队奏起波兰舞曲，皇帝陛下以及各国使节、要人、将军都各自搀着贵妇人的手，慢慢地跳起舞来。

皇帝跳第一支舞的舞伴，是这家的女主人。这是当时舞会上的惯例。一半以上的贵妇人都在跳着，剩下来的也正在准备，只有娜塔莎和索妮亚还没有男伴来邀请她们。

大家热烈地跳着，她们被挤到墙边去了。

“他们怎么不邀请我？难道他们不晓得我多盼望跳舞而且舞又跳得多么好？”娜塔莎伤心地想着，胸脯起伏得很厉害，眼泪几乎滚下来。

她们的向导老夫人不知到哪里去了。伯爵也到大客厅的另一端找老朋友聊天去了。

伯爵夫人、索妮亚、娜塔莎三个人孤独地留在陌生人中。一对对跳舞的男女，不断从她们的面前走过。

彼得堡社交界的女王爱伦的舞姿的确动人。她和着音乐的旋律敏捷地转身的时候，镶着金边的裙子像一朵盛开的花朵般灿烂夺目。

美男子阿那托尔一边跳着，一边不断地和他的舞伴说

> 延伸思考
>
> 【心理描写】兴致勃勃地来参加舞会，却没人邀请她去跳舞，巨大的落差难免让娜塔莎心里难受。

> 延伸思考
>
> 【衬托描写】爱伦伯爵夫人美丽动人的舞姿夺人耳目，娜塔莎却没有人理睬，这更加衬托出娜塔莎内心的悲伤。

话。他用贪婪的目光看娜塔莎的脸，从她们面前走过去了。

音乐从波兰舞曲改为华尔兹的时候，娜塔莎发现爱伦的丈夫——皮埃尔走到穿白色军服的骑兵上校旁边，望着她这边，好像在交涉什么事情似的。

皮埃尔是一个肥胖而高大的男人，他的太太虽然是个交际舞能手，但他对于跳舞却一窍不通。有一次，皮埃尔到罗斯托夫伯爵家吃晚饭时，很诚恳地说：

“娜塔莎小姐，我对于跳舞一点儿也不行，不过，有什么舞会时，我会介绍好的舞伴给你。”

现在，娜塔莎看见皮埃尔对着骑兵上校像有什么商请似的，她立刻寻思：“或许皮埃尔要把他介绍给我。”

延伸思考

【心理描写】娜塔莎在无人理睬后，看到了皮埃尔，想起了以前皮埃尔说的话，才产生了这样的念头，也许这只是娜塔莎的一种内心的渴望。

那位骑兵上校向皮埃尔点头答应后，朝娜塔莎这边走来。他似乎早已知道谁是娜塔莎。

娜塔莎感到很兴奋，脸上露出害羞和不安。上校看到她的表情，立刻知道娜塔莎是初次踏进社交界的女孩子。

延伸思考

【神态描写】终于有人邀请娜塔莎跳舞了，所以她掩不住内心的兴奋，但又因为是第一次参加这样的社交舞会，又不免害羞不安。

骑兵上校走到娜塔莎面前，恭恭敬敬地一鞠躬，自我介绍：“我是安德烈公爵……”然后，邀请她跳华尔兹舞。

娜塔莎微笑着，脸上浮着喜悦与感激的表情，于是她举起她的纤手，放在安德烈公爵的肩上。安德烈公爵立刻搀着她，两人便滑进跳舞的行列了。

安德烈公爵长得很英俊，舞也跳得很棒，但娜塔莎也跳得非常好。

这时，皇帝已经回去了，大家感到更不拘束了，全都狂热地跳着。舞会达到了高潮。

娜塔莎的小脚穿着缎子舞鞋，轻快地在光亮的地板上转动着，大客厅的人们看了，不由得赞叹道：

“多可爱的姑娘哟！”

娜塔莎跟安德烈公爵跳完舞以后，许多男人便争先恐后地过来邀请她同舞。娜塔莎将一部分邀请者让给索妮亚，自己仍然感到应接不暇。

娜塔莎的黑眼睛发亮了，刚才的悲伤已经消失无遗，她兴高采烈地对自己说：

“多快活呀，我真希望永远不停地这样跳着。”

名|家|点|评

社交舞会的盛大和参加舞会人员的热情都给娜塔莎留下了难以磨灭的印象，同时娜塔莎的少女情怀也开始了最初的萌动。

拓展训练

1. 皇帝为什么要和舞会的女主人跳舞呢？

2. 舞会开始有人邀请娜塔莎跳舞吗？

3. 是谁第一个邀请娜塔莎跳舞的？

公爵与少女

名家导读

由于参加社交舞会使娜塔莎和安德烈公爵相互认识，两个人也因此互生好感，究竟事情是怎么发展的呢？

大舞会过后不久，安德烈公爵拜访罗斯托夫伯爵家了。

拜访的那天，安德烈公爵受到罗斯托夫伯爵一家人热烈的款待，还在罗家吃了晚饭。

在家里的娜塔莎天真烂漫，谈笑自如，真是父母的宠儿，比在舞会时还美丽还活泼。

伯爵夫人担心安德烈公爵会见笑，教训女儿说："娜塔莎，别太任性，你已经十六岁了，妈妈在你这个年纪时，已经嫁给你爸爸啦！"晚饭后，娜塔莎唱歌给客人听，由索妮亚伴奏。她将两手握在胸前，起劲地高唱着。

延伸思考

【语言描写】伯爵夫人的这些话既是对娜塔莎一种疼爱式的责备，也是一种暗示，暗示娜塔莎也该嫁人了，而且在未来的爱人面前不要太任性。

安德烈公爵听得很入神，突然间，他的眼眶里不由得涌满泪水。

从此以后，安德烈公爵每天都到罗斯托夫伯爵家走动。看到娜塔莎，他就不想回去。

任何人都会看出安德烈公爵为什么如此频繁地到罗家来，娜塔莎当然更清楚了。

安德烈公爵生在名门，他父亲曾做过陆军大臣（部长）、参谋总长等要职，现在还活着，是位国家元老，目前

陪伴着他的，是安德烈公爵唯一的妹妹玛丽亚，他们住在很远的自己的田庄上，过着幽静的生活。

五年前，安德烈公爵参加俄罗斯抵抗拿破仑的战争，建立了不少功勋。

有一次作战，俄军快败退了，安德烈公爵却高举着军旗向敌军反攻。结果，他负了重伤，倒下去以后仍紧握着军旗。后来，俄军经受不住法军的攻击，溃败了，安德烈公爵不幸成了俘虏。

发现安德烈公爵满身血迹躺卧在地上的，恰巧是拿破仑。

拿破仑骑马巡视大战后的战场，看到安德烈，他回头看着随从的法国将军们，感叹道：

“哦！多么壮烈的死，令人钦佩的勇士！”

延伸思考

【语言描写】从来都是壮烈牺牲的人受人尊敬，苟且偷生的人被人唾弃。拿破仑能发出这样的感慨，说明他也应该算是个英雄式的人物。

正在那个时候，安德烈公爵忽然呻吟起来。

“咦，他大概还没有死，好好看护他！”

拿破仑的命令发出后，他就被抬到法国的前线医院去救治。

因此，别人以为已经阵亡的安德烈公爵，不料到了法俄订了停战协定以后，突然又回到父亲的怀抱里来。

安德烈公爵在战争开始前一年结婚。他要出征的时候，他的新娘子肚子里已经怀有他的孩子了。

不幸的是，他的太太因难产而死去了。

那个一出世就失去母爱的男孩子，现在在老公爵身边由姑妈玛丽亚抚养着。

安德烈公爵自爱妻死后，一直住在父亲身边，万念俱灰。

延伸思考

【人物描写】安德烈公爵在失去妻子后心灰意冷，万念俱灰，说明他是个有情有义的人，这样的人值得托付终身。

岁月慢慢冲淡安德烈公爵丧妻的悲痛，等他稍微恢复体力，便开始研究起俄军为什么屡次被拿破仑打败的原因。

安德烈公爵研究的结论是这样的：那是因为以皇帝为首的贵族们支配了一切。俄罗斯的贵族们只以为他们国家有无比的战斗力而自负，疏忽了集合自己的总力量！

安德烈公爵认为：要彻底击败拿破仑，最要紧的是必须改革俄罗斯内在的弱点。他将这种意见用书面形式写给了陆军大臣，同时，自己也亲身到了彼得堡。

安德烈公爵是这样的一个从事国家重要工作、年富力强而有孩子的鳏夫。从社会上一般人的眼光看来，他要成为少女娜塔莎的丈夫并不太适合。这一点，安德烈公爵本人也很清楚。所以，他每天访问罗斯托夫伯爵，心里总难免有一种自卑感。

伯爵夫人和索妮亚看见安德烈公爵来了，就相继地离开客厅，让他有跟娜塔莎单独讲话的机会。

安德烈公爵对于罗斯托夫伯爵一家人对他这样盛情，真是感谢万分，但他在娜塔莎面前又不知如何把自己的心意向她诉说才好。

> 延伸思考
>
> 【背景介绍】面对罗斯托夫伯爵一家人对自己的热情和娜塔莎的无语暗示，安德烈总是不敢直面表白，这也许是强烈的自卑心在作怪。

安德烈公爵坐在娜塔莎面前，只是微笑着，快乐地倾听对方天真的话语。

这样过了一些日子，安德烈公爵将自己热爱娜塔莎而无法开口的事情告诉了皮埃尔。

皮埃尔听了，立刻鼓励他说：

“她是位很难得的小姐，你应该下定决心，设法跟她结婚。那么，世上没有一个男人比你更幸福了。”

“可是，不晓得她自己的意思怎样？她是不是会爱我这种人？”安德烈公爵胆怯地问。

皮埃尔用肯定的语气回答他：“没有问题。我非常清楚，娜塔莎小姐已经在爱着你了！”

“皮埃尔，我的世界只能分为两个：一个是娜塔莎所在的地方，那里有幸福、希望与光明；另一个是她不在的地方，那里只有忧愁和黑暗……”

> 延伸思考
>
> 【语言描写】有娜塔莎的地方就有幸福，而没有她的地方就是黑暗，从安德烈的这些话中可以看出他已经深深地爱上娜塔莎了。

“是的。”皮埃尔也说同样的话。

“啊，我真幸福！皮埃尔，只有你一个人了解我的心情！”

“我当然了解。”皮埃尔点点头说，将他的大手掌放在好朋友安德烈公爵的肩上。

皮埃尔那时的表情是相当复杂的，他虽然一边衷心地祝福安德烈公爵，脸上却也不自觉地浮着阴沉的暗翳。因为皮埃尔跟他的妻子——社交界女王爱伦的婚姻生活有着无法诉说的痛苦。

延伸思考

【神态描写】看到自己的朋友有这样的困惑，其实自己与他也是同病相怜。

名家点评

安德烈公爵与娜塔莎的交往中，感受到罗斯托夫伯爵一家的热情和娜塔莎对他的爱恋，但自卑的他却不敢向娜塔莎表白。经过好友皮埃尔的一番劝说，终于找回了勇气。

拓展训练

1. 娜塔莎多大年龄了？

2. 安德烈在战争中受伤了，他是被谁救助的呢？

3. 安德烈的妻子是怎么死的？

秘密订婚

名家导读

因为自己曾经有过一段痛苦的婚姻经历，所以不敢向自己喜欢的人表白，但经过朋友皮埃尔的鼓励，安德烈公爵终于向娜塔莎求婚了。一起来读读他们是怎么私密订婚的。

安德烈公爵终于下了向娜塔莎求婚的决心。

他虽然需要问娜塔莎和罗斯托夫伯爵夫妇是不是答应，但他觉得最难过的还是自己的父亲老公爵这一关。

老公爵是个又固执又专制的人，他对于安德烈跟十六岁的小姑娘娜塔莎结婚是不会那么轻易赞成的。

罗斯托夫伯爵家虽然也是有名望的贵族，但伯爵本人在政治上没有当过什么重要的角色，而且在经济上也搞得一塌糊涂。

安德烈公爵想到这些，觉得只是写信给他父亲，父亲是绝不会赞成的，不如亲自去跟父亲谈谈来得有效。

罗斯托夫伯爵一家人感到诧异起来，每天都到家里来玩的安德烈公爵，怎么忽然不来了呢？娜塔莎更感到伤心，整天躲在房间里暗自啜泣着。

对自己有情、好像要向自己求婚的安德烈公爵，为什么忽然不来了？娜塔莎想来猜去，总是不晓得什么缘故。她是一个比任何人都好胜的贵族小姐，她的自尊心被无情

延伸思考

【侧面描写】安德烈突然失去音信，这令罗斯托夫伯爵一家感到诧异，更让娜塔莎伤心，这也从侧面说明罗斯托夫和娜塔莎他们都已经接受了安德烈，只是没有说明。

地损伤着，仿佛受到莫大的侮辱一般，天天过着痛苦的日子。

伯爵夫人到她房间来安慰她。

“妈妈别提他，我并不在意这些，我不过是有点儿怀疑他为什么起初常常来，现在不来罢了。”娜塔莎忍住几乎掉下来的眼泪，说，“我也不想结婚了，如果他向我求婚，我说不定会拒绝哩！”

延伸思考

【语言描写】娜塔莎越是说不想和安德烈结婚，她内心其实越是想要和他在一起。

恰巧，娜塔莎说这话的那天，安德烈公爵突然再到她们家里来了。

娜塔莎听见响在门口的安德烈公爵严肃的跟往常不同的声音，脸色苍白，忙跑到客厅来，慌慌张张地道：

“妈妈，他，他——安德烈公爵来了！妈妈，我不知怎么的，竟害怕起来……”

延伸思考

【语言描写】看到安德烈苍白的脸色，娜塔莎有些害怕，害怕有什么不好的消息，这也说明娜塔莎很爱安德烈。

伯爵夫人轻轻抱着娜塔莎正在设法使女儿镇静下来的时候，带着严肃表情的安德烈公爵已出现在客厅里。

安德烈公爵吻了一下伯爵夫人和娜塔莎的手，坐在沙发椅上以后，郑重地说：

“我好久没有到府上来拜访了，那是因为有重要的事情要回去跟家父商量，直到今晚才从他的田庄回到这里来。”

接着，安德烈公爵望了娜塔莎一眼，继续讲下去：

“夫人，我有一桩事想跟你谈谈。”

“有什么事，请说吧。”伯爵夫人看了一眼女儿，低声吩咐，“娜塔莎，你暂时到那边去，等一会儿我再叫你。”

娜塔莎从客厅走出去，安德烈公爵便说：

“夫人，我今晚来府上是向小姐求婚的。”

安德烈公爵犹豫了一会儿，接着，又不好意思地补充他的意思：如果承罗家答应，也得请女方准许他们在一年之后才举行婚礼。

这是安德烈公爵的父亲——老公爵所提出的条件。安德烈公爵对于父亲的建议，心里虽然十二分的不满意，但他意识到这就是父亲最大的让步，也就只好忍受了。

伯爵夫人听了，不大赞成地说：

“娜塔莎虽然还年轻，但要等一年后结婚似乎又太久了些。”

“我刚才已经向夫人讲过，除了这样做以外，没有别的好办法。”安德烈公爵沉重地说了这句话，又向伯爵夫人道，“夫人不知允不允许我直接向娜塔莎小姐讲这桩事？”

伯爵夫人离开客厅叫娜塔莎进去。

自从这一天起，安德烈公爵便以娜塔莎的未婚夫身份，出入罗斯托夫家了。

故意不举行订婚典礼，安德烈公爵还希望尽可能不把他跟娜塔莎订婚的事让社会人士知道。而且他再三表示：只要娜塔莎改变初衷，随时可以取消婚约，他绝不会有什么怨言。

延伸思考

【背景介绍】虽然两人有了婚约，可安德烈却不想辜负了娜塔莎，所以才会说娜塔莎可以随时取消婚约。

安德烈公爵将要到国外旅行的前一日，他带着皮埃尔到罗斯托夫家来辞行了。

自从那一次舞会以后，皮埃尔再没有到罗家来过，所以他感到尴尬万分，话也讲得不多。

安德烈公爵对正跟索妮亚玩纸牌的娜塔莎道：“你早就认识皮埃尔了，你是不是喜欢他？”

“是的，我喜欢他。那是因为他又古怪又有趣……”娜塔莎笑着回答。

实际上，皮埃尔跟一般人的性格不大相同：他时常在热烈的谈话中，忽然沉默下来，别人不好意思开口的话，他却不客气地、随心所欲地讲出来。

奇怪的是：他的眼睛像孩子那样纯真，跟他那高大的个子实在不相配。

这一天，安德烈公爵向娜塔莎说：“我就要出发了，我走了之后，无论发生什么事情，或你不再爱我……不，我不应该说这种话，只是要告诉你的是：我不在的期间，无论发生什么事情……”

延伸思考

【语言描写】安德烈的话是想告诉娜塔莎，不管发生什么事，他都会尊重娜塔莎的选择，爱她就要给她自由。

“咦，会发生什么事情吗？”

“纵使会发生怎样悲哀的事，”安德烈公爵郑重其事地道，“索妮亚小姐你也留心听好吗？无论发生什么事，尽管找皮埃尔帮忙。从外表看来，他是有点儿傻里傻气的样子，其实他却是一个明事理而且很值得我们尊敬的人。”

当安德烈公爵吻别娜塔莎时，她已经不哭了，只是说：“别走，你为什么要走呢？”

她哀怨的声音紧扣着安德烈公爵的心弦，他一时想中止旅行，不管父亲对自己如何不满意，但想起两人的将来，还是忍受着别离的痛苦而决定出发了。

延伸思考

【声音描写】用哀怨一词来形容娜塔莎无奈、又舍不得的声音，相爱的两个人却不能在一起，怎么不叫人悲伤。

罗斯托夫一家人很担心娜塔莎过度悲伤。还好，隔了两个星期，她也就慢慢地淡忘了，渐渐恢复平静。不过，她的父母发现她改变了，跟以前的娜塔莎简直换了个人一般。

名家点评

两人虽然相爱，但因为父亲的阻拦，安德烈不得不同意父亲的条件，两人分开一段时间。

拓展训练

1. 安德烈公爵的突然失踪是去干什么了？

2. 安德烈的父亲同意他和娜塔莎的婚事了吗？

3. 如果同意，要有什么条件呢？

骑兵尼古拉

名家导读

安排好女儿的事情，罗斯托夫伯爵回到了自己的庄园，但严峻的经济状况使他不得不叫回了自己的儿子尼古拉。

罗斯托夫伯爵带着意外的喜讯——娜塔莎和安德烈公爵的婚约离开了彼得堡，往几百里远的南边——自己的田庄出发了。

延伸思考

【解释说明】罗斯托夫伯爵初衷是想让女儿参加社交活动，却不想女儿能找到喜欢的人，并且订立婚约，这绝对是个意外的喜讯。

伯爵一家人，连佣人在内，都喜欢那风景优美、一望无际的田庄——祖宗传下来的地方。

它像一所广袤的自然公园，有山谷、丘陵、牧场、菜园、森林点缀其间，里面还有一条小河弯弯曲曲地流着。

罗斯托夫伯爵回到田庄后不久，立刻就开始清理债务的工作。这是伯爵最感到头痛的一桩事。

伯爵将总管米清卡叫了来，一边翻阅账簿，一边查问账务。可是，账到底怎样，伯爵总是搞不清楚。

这也难怪，米清卡是个狡猾的人，他看见伯爵厚道可欺，多年来，就想尽办法来侵吞伯爵家的财产。

所以，伯爵要跟这个家贼商量有关金钱的事务，搞不清楚头绪是理所当然的。

伯爵夫人看了这种情形，觉得无论如何，非把在军队服务的尼古拉叫回来不可。于是，她写信给尼古拉，要他请假回来。

四年前，法国皇帝拿破仑侵略奥地利时，跟奥地利联盟的俄罗斯，竟派大军和征服大半个欧洲的拿破仑周旋起来。那时，尼古拉刚进莫斯科大学念书不久，却立刻志愿加入了军队。

尼古拉以“见习军官”的名义出征，被派到巴格拉齐昂骑兵联队——俄军中最有战斗力的部队服务。

尼古拉是个纯真、有正义感的青年，他的身体强壮过人，骑马是他最得意的技术，他可以说是天生的一个骑兵。

延伸思考

【人物描写】这里描写了尼古拉的形象，纯真、正义、身体强壮，是一个很好的青年。

尼古拉参加几次战争以后，更显露出他的勇敢，马上升为正式军官——少尉，获得了军功章。

两年前，罗斯托夫一家人逗留莫斯科时，他有一次请假回来跟家人团聚。那时，尼古拉在莫斯科的社交界风头颇健，不但许多小姐都喜欢跟这位俊美的骑兵军官跳舞，连她们的母亲也被尼古拉迷住了。

休假完了，尼古拉又重回前线去。后来他从家人的来信，渐渐地知道家庭经济困难的情形了。于是，他请家里减少每月寄给他的零用钱。从此，他专心军务，不再跟同伴做无谓的玩乐了。

延伸思考

【人物描写】听说家里经济困难，就减少每月的开支，并且摒弃杂务，专心正事，身为贵族的尼古拉能做到这些，确实是个懂事的青年。

这一次他接到母亲的来信，要他回乡下去。

伯爵为人太好，却被人欺骗着，这样下去，田庄不久便非被全部拍卖来偿债不可——伯爵夫人的信里这样写着。

恰好，法、俄军签订了暂时休战条约，尼古拉的联队正驻防在波兰的一个小村里，尼古拉便获准休长假了。

尼古拉从小就像对待妹妹一般地爱着索妮亚，打算将来娶她做妻子。索妮亚也从十五六岁的时候起，就暗恋着尼古拉。

回到家乡以后，尼古拉听母亲详细叙述家庭的经济情形，觉得不能再这样拖下去了。

年轻而聪明的尼古拉，查过账目之后，立刻发现米清卡侵吞的情形，他对付米清卡的方法是军队式的：抓住米

清卡的脖子，往庄外扔了出去。

除此之外，尼古拉再也无能为力了。米清卡爬起来后，立刻向罗斯托夫伯爵分辩，他尽量掩饰自己的错误，很快地伯爵又信任他了。第二天，伯爵特地找到尼古拉说：

“尼古拉，战争时也许需要勇敢，但在家庭里使用暴力是不对的。那个总管米清卡，我也知道他油滑了一点儿，不过他的本性倒是善良的。而且，他在我们这里做事二十多年了，现在又不好意思开除他……”

这样，本来想好好搞一下的尼古拉，失望之余，变得意志消沉了。

“算了吧，让这个家垮下去吧。”

尼古拉也不愿意去得罪人，他忙着做户外的运动，接触大自然美丽的风景。

这时，九月已过去一半，打猎的时节到了。

延伸思考

【语言描写】尼古拉收到母亲的信件，信心满满地回来收拾家里的残局，可听到父亲那些话，使他年青激愤的心一下失去斗志了。

名家点评

本来是想让儿子回来，希望能扭转目前的困境，可是顾念人情的伯爵一些话让尼古拉彻底失去了信心，看来这个家经济快要崩溃了。

拓展训练

1. 尼古拉在军队里属于哪个级别？

2. 尼古拉怎么对待总管米清卡的？

3. 总管米清卡最终被开除了吗？

快乐的狩猎

名家导读

儿子回来了，尽管没有把管家贪污财产的事情解决掉，但一家人在一起，还是一起享受了一次短暂的欢乐。

一天早晨，尼古拉一起来就望着有些乌云的天空，过了一会儿，便吩咐佣人把看守森林的大尼洛叫来。

大尼洛马上来了。他留着长发，腰边插着短刀，手里还拿着一根皮鞭。

“天气很好吧？大尼洛，情形怎样？”

“是的，少爷。一大早，我就派人去查过，听说它们已经移居到河边的森林里去了，在那里咆哮着。”

他们所说的，是一条老母狼带着今春所生的一群小狼，移居到别处去了。

“好，快走！猎狗准备好了没有？”尼古拉大声叫着，精神抖擞起来。

尼古拉起劲地准备的时候，还没化妆的娜塔莎和小弟彼恰跑了过来，要尼古拉带他们去。不仅如此，连这几年来身体虚弱、不大常出去的伯爵也兴致勃勃地要跟大家一块儿去。

延伸思考

【情景介绍】这是他们积极参加狩猎活动的情景，举行这样的活动自然要花销了，看来只是意识到经济危机，而不采取有效措施，那只是空想。

一小时后，以尼古拉为领队的猎人们全部聚集在台阶上了。大家都骑着马，包括佣人一共有二十多个人。猎狗

大约有一百三十余条。

猎狗可以分为两种，一种是追赶野兽的“追猎狗”，这一天带去的有八十多条，另一种叫“狼狗”，是要跟踪野狼的狗。

“狼狗”各有其主。当猎人看见“追猎狗”赶出野狼追到适当的地点时，就放出自己的“狼狗”让它去猎物。

伯爵先驾车到森林附近去。那里是打猎最好的地方，尼古拉特地将此处让给父亲，自己率领着娜塔莎、彼恰和佣人们，骑马向目的地——森林奔驰而去。

他们走了一段路程，碰到了很要好的老地主，也牵着猎狗正要打猎去。尼古拉和老地主寒暄后，两家的猎狗便合成一群了。

尼古拉跟老地主商量好，从哪里放进猎狗去追赶野狼，然后告诉娜塔莎和彼恰埋伏的地方，他自己从山谷上走到后边去了。

“好吗？尼古拉，”老地主叫喊着，“猎物只有母狼一条，如果让它溜掉的话，我们就没有面子啦。”

“它或许会溜掉。”尼古拉回答后，热烈地叫着他最喜欢的狼狗，“来，卡拉伊！”

另一边，罗斯托夫伯爵到了目的地，从马车上下来，改为骑马。伯爵刚从家里出来的时候，喝了一大银杯他所心爱的波尔多葡萄酒。这时，他有点儿醉，他心满意足地望着他身边的佣人们。

伯爵的身边站着侍候他三十年从未离开过一天的男仆。他就是专使伯爵开心的小丑，他的胡须已经斑白了，却故意穿着年轻姑娘穿的上衣，披着奇形怪状的头巾，骑在一匹不中用的马背上。

“你要是吓走了野兽，大尼洛可要骂你！”伯爵要小丑注意。

小丑摆摆手答道：“没有问题。”

“你们看见娜塔莎了吗？她在哪里？”

延伸思考

【语言描写】狩猎的人和猎狗一大群，而猎物只有一只，如果让猎物跑了，确实挺丢人的。

延伸思考

【人物描写】这里描写了一个老小丑的形象，看来罗斯托夫伯爵是挺会享受的，还雇用了自己的专职小丑以供取乐，这伯爵身边都是些什么人啊！

"她跟彼恰公子在若罗夫的平原上。"老仆人恭恭敬敬地回答。

伯爵点点头，得意地问：

"嗯，你佩服她的骑马技术吗？男人也不过如此罢了。"

"怎么不佩服呢？她骑得那么安稳，那么高明……"

"尼古拉在哪里呢？是不是在那边的山谷里？"

"是的，就是在那边。少爷指挥得有条有理，在军队里受过锻炼的人，的确是不一样的。他精于骑马，我跟大尼洛真佩服得五体投地……"

"真的吗？他在马上的那种姿态怎么样？"

"就像画上那么好看。前些日子，少爷赶出狐狸的时候，他在山谷里飞奔的英姿，更是好看极了。马能值千两金子，骑马的人却是无价之宝，像少爷这种能手是罕见的，到哪里去都找不到。"

"是啊！到哪里去找……"伯爵重复着老仆人的话。接着，就掏出鼻烟壶来。

这时，他们听见两三只猎狗低吼着，像是正在追赶猎物的样子。老仆人提醒伯爵道：

"老爷，猎狗在追野兽哩，恐怕已找到它们的巢穴了。"

大尼洛唤狼的笛声，也远远传来。

伯爵侧耳倾听了几秒钟，察觉猎狗分为两大群，分两个方面在追赶着猎物。

成群的猎狗狂吠着，但渐渐地远去了。另一群则突然出现在伯爵的面前，但立刻飞也似的冲过去了。

伯爵被吓了一跳，把鼻烟壶弄掉在了地上。小丑赶忙下了马，打算拾起它。老仆人叹了一口气，握紧了正在骚动的几只狼狗的皮带。

正在这个时候，刚刚冲过去的那群猎狗，又向这边折回来。

延伸思考

【对话描写】伯爵的小丑，不仅外貌怪异，让人想笑，还挺会拍马屁，有这样的人在身边，伯爵还真会享受他那虚荣的贵族心理。

延伸思考

【语言描写】听到老仆人的话，伯爵若有所思。他想找什么呢？估计是他还想找寻昔日家庭辉煌的岁月。

刹那间，吠叫的猎狗和大声咆哮的大尼洛在眼前出现了。大尼洛用拿着鞭子的手，不耐烦地指向右边。

伯爵从树林里骑马奔出一看，有一只野狼摆动着身上柔软的毛，慢慢地跑着，正奔向这边来。

愤怒的狼狗叫着，挣脱了皮带，从马蹄下边向野狼冲去。但已经太迟了，野狼一看到狼狗，便高高地跳了两下，摇了摇大尾巴，窜进林间不见了。

大尼洛啐了一口，好像在责怪伯爵的疏忽，然后策马飞奔到林边去。

尼古拉从猎狗跑动的声响和佣人们的叫喊声中，分辨出猎狗已经分成两批，有一批正在追逐野狼。

他静静地等候着野狼，期待的心情，兴奋得如回到孩童时代一样。同时，他还虔诚地在心里祷告着：

“我的上帝，请帮帮忙，把野狼引到我这边来，让我的卡拉伊当着老地主——伯伯的面，一口咬住野狼的喉咙吧……”

他对于稍有变化的狗吠声和佣人的喊叫声，立刻紧张起来。他左顾右盼着，准备随时扑过去。

尼古拉的目光投向森林边际，还有被水冲垮了边缘的山谷以及右边林间稍露出来的老地主的帽子。忽然跳出一只野狼来，它穿过平野，笔直地向尼古拉这边跑过来。

“不，这是不可能的！”尼古拉惊喜得喃喃地说。他不敢相信这个幸运会忽然降临在自己的身上。

尼古拉用怜悯的目光窥探着它。无疑，它是一只老狼，身体肥胖，背上还点缀着斑白的毛。

老狼慢慢地往前跑，它好像还没发觉有人想捕捉它。

尼古拉屏住气息，回头看了看狼狗。

藏在洼地的猎狗都没有看到野狼，它们还趴在地上休息着。

“呜呦呦呦！”尼古拉低声这样唤着。

“马上放开它呢？还是再稍等呢？”尼古拉迷惑着。

延伸思考

【动作描写】

因为罗斯托夫伯爵没有堵截住老狼，所以遭到了大尼洛的唾弃，真是世态炎凉啊，如果是在伯爵家庭繁荣的时候，恐怕大尼洛是不会有这样的动作的。

延伸思考

【心理描写】

参加狩猎的人都希望自己能逮住猎物，尼古拉也不例外，他心里也想象着自己能抓住猎物，能向人炫耀一番。

这时野狼好像已察觉到注视它的尼古拉，它颤抖了一下，然后开始敏捷地行动起来。它跳起来，飞也似的狂奔着。

尼古拉策着惯于打猎的马，追赶过去。

被放开的狼狗一起跳出去，它们立刻赶过骑马的人们，向野狼逼近了。

最先靠近野狼的是黑花狗米尔卡。

野狼发觉后，用恶狠狠的目光向米尔卡瞪了一眼，似乎在威胁对方。

延伸思考

【拟人描写】这里用拟人的手法描写了老狼凶狠的眼神，一个眼神就能把对手吓怕了。这是一只多么精明的老狼啊。

米尔卡胆怯了，不敢扑过去。尼古拉立刻发觉它减慢了速度。

“呜呦呦呦！”尼古拉又喊叫着。

有一只红狗从米尔卡的后面跳上前去，向野狼猛扑，而且咬住了它的后腿。野狼蹲伏了一下，露出牙齿威胁着红狗，它摆脱了对方以后，又站起来向前跑。因这只野狼太大，又太凶恶了，狼狗们都不敢贸然扑过去。

“卡拉伊，呜呦呦呦！”尼古拉叫喊着，寻找着老狼狗，他把最后的希望放在它的身上。

卡拉伊使足了劲，打算截断野狼的去路。它的战略是跑到野狼前面，从旁边横截过去。但卡拉伊到底老了，只是心有余而力不足，计划失败了。

延伸思考

【拟人描写】这里把卡拉伊拟人化，赋予了人的特点，让人觉得卡拉伊不再是只老狼狗，而是位年长的智者。

前面不远的地方出现一片森林，野狼如果跑到那里，便会被它逃脱掉哩。正当这紧要关头，刚好从那座森林里跑出了一群猎狗。那是老地主事前布置的。

在这群猎狗里面，有一只尼古拉从没有见过的黄色、年幼、身长的猎狗，它迎面向野狼直扑过去。

刹那间，两只动物已经缠作一团，在地上打得翻来滚去。一转眼，野狼跳了起来，冷不防狠狠地向黄狗肚旁咬了一口，这只猎狗马上倒了下去，鲜血直流，发出刺耳的哀叫声，痛苦地把头垂到地上。

“卡拉伊，怎么了？”尼古拉急得要哭出来。

卡拉伊因黄猎狗的阻挡，已逼近野狼到五步远的地方。野狼好像感觉到危险，向卡拉伊侧视了一下，甩了甩尾巴准备加速度奔逃。但这时卡拉伊迫不及待地骑在野狼的背上，和野狼一同打滚着。

野狼不断地挣扎，卡拉伊却紧紧咬住了野狼的喉咙。

这是尼古拉生平最得意的时刻，他抓住鞍桥，打算下马弄死野狼。正在这个时候，野狼突然挣脱卡拉伊，以坚定的步伐，准备逃走。

卡拉伊竖起毛呻吟着，它可能受伤了，踉踉跄跄，再也不能追野狼了。

大尼洛的一队已赶了上来，猎狗和猎人们又围困住了老狼。

大尼洛下了马，用嘴咬着出鞘的刀，趁势向野狼扑过去，骑在它的背上，极力想抓住野狼的两只耳朵。猎狗们也趁机咬住野狼不放。

尼古拉跳下马，打算斩死它。

“我们活捉它吧！”大尼洛说着，用脚踏住野狼的脖子，在它张开的嘴里放进一根棍棒让它咬着，然后用皮带把它绑紧，再放它在地上转动两下，最后把它驮在马背上。马看见还活着的野狼，惊骇得嘶鸣起来。

于是，以尼古拉为首的一行，领着向野狼狂吠着的一大群狗到约好的会合地点。

伯爵走到野狼旁边，用手摸摸它。

“噢，好大的野狼啊！这不是很大的收获吗？”伯爵要讨好大尼洛般地说。大尼洛好像已经忘记了刚才的紧张，喜溢眉宇地向伯爵鞠躬：“真是太极了，老爷。”

老伯爵感到有点儿疲倦，一个人先回家去。尼古拉他们认为时间还早，还要继续打猎。

快到中午的时候，猎狗赶出一只野狐来。

被猎狗追赶出来的野狐，特别狡猾，它不跑直线，左弯右折或兜圈子，甚至高高跳起来，耍尽了各种花样，打

延伸思考

【语言描写】伯爵说这样的话是想安慰大尼洛，虽然刚才放走了猎物，但是还是逮住了，最终还是有收获的。

延伸思考

【对比描写】伯爵年老体衰，而且还有家庭压力，所以感觉疲倦，而尼古拉年轻力壮，充满精力，这二人形成鲜明对比。

算要从追它的猎狗群中逃掉。

正当尼古拉他们快要捕捉到野狐的时候，忽然从林间出现了带着许多猎狗的另一个猎队。这群新闯进来的猎狗，竟将尼古拉他们所追逐的野狐掳掠去了。

尼古拉看见约在三百公尺以外的地方，有自己这边的人跟那边的佣人在争吵着。

擅入别人的地域，还要抢夺人家的追猎物，尼古拉也觉得这些人太可恶了。他认得这群人，他们是跟罗斯托夫家田庄接界的地主依拉根家中的佣人。

延伸思考

【语言描写】看到在自己的领地上，自己的猎物被别人抢走，年轻气盛的尼古拉很愤怒。

“可恶的家伙！”这时尼古拉愤怒异常，“我要拿点儿颜色让他看看我们的厉害。”他气势汹汹地朝那一队奔过去。

娜塔莎发现尼古拉的脸色不对，立刻跟着他跑去，其他的猎人们像骑兵队的突袭那样，气势雄壮地一起拥过去。

正在这个时候，对方队里的一个人骑着马朝这边奔来。

“噢，他是依拉根！”老地主低声说。

尼古拉和依拉根渐渐走近了。

但大家立刻看出依拉根并不是怀着恶意而来的。他的手里提着刚才的野狐，他从马上将它递还给尼古拉，再三赔罪。

延伸思考

【外貌描写】从依拉根的外貌看来他不是个坏人，也可以从他红光满面的样子看出他家庭很富裕。

依拉根是个红光满面的肥胖男人，大约有五十来岁，从外表看来，并不像个坏人。

“我们知道从那座森林起，就是府上的地皮，当我们打算回去时，忽然看见从那里跳出一只野狐来，猎狗们立刻骚动起来……不是我们故意争抢的，希望您不要误会。”依拉根再三解说，并诚恳地向尼古拉道歉。

依拉根还说在自己的土地上有好猎场——野兔繁生的洞穴。他愿意做向导，带领尼古拉他们到那里去打猎，以消除这场误会。

尼古拉和老地主接受了依拉根的好意，浩浩荡荡地出发了。

到了猎场，依拉根向佣人们表示：如果有人发现在巢穴里的母兔，将发给一卢布的奖金。

尼古拉的狼狗中，追野兔最拿手的，是跑得很快的黑花狗米尔卡。

可是，依拉根的狼狗也都是能手，尤其红爪、黑眼睛凸出的母狗最为高明。

尼古拉指着这只狗，向依拉根说：

“你的狼狗中，它是最好的吧？”

“没什么了不起，还是府上的狼狗雄壮得多，真令人羡慕！”

延伸思考

【对话描写】这两个人表面上互相吹捧，内心里却是互相较量。人啊，在虚荣和利益面前很少能做出让步的。

他俩在表面上虽然都很谦虚，其实心里却都在想：

“等着瞧吧，一赶出母兔来，就会知道谁的本领……”

不多久，有一个佣人跑过来报告：在前面收割完了的麦田凹地里，有一只大母兔趴在那里睡觉。

还好，这地方背风。尼古拉他们不再骑马了，静悄悄地向那边走过去。

猎狗分为两个方向，从远处开始，渐渐包围野兔所在的地方。经过训练的猎狗，静悄悄的，哼都没有哼一声。

尼古拉、依拉根、老地主三个人下了马，各自牵着猎狗，蹑手蹑脚地走向野兔的所在地。

伏在地上的佣人，将拿鞭子的一只手高高举起，指着野兔所在的方向。

“喂，野兔的头朝哪一边？”

尼古拉正向那个人喊叫的时候，野兔发觉了，它是一只曾被猎狗追赶过，有逃脱经验的野兔。

尼古拉、依拉根、老地主的三只狼狗争先恐后地跑出去。尼古拉他们也跨在马背上，追随在它们后面。

延伸思考

【场面描写】这里描写了众人争先恐后追逐野兔的场面，这反映出三个人都是虚荣心很重的人。

猎狗接近野兔时，野兔便跳进泥泞的冬麦田，贴着耳朵使劲地跑着，它的本能告诉它：身体高大的狗，跑泥泞的冬麦田会比跑收成过的麦田艰难得多。

首先向野兔扑过去的是依拉根的红花狗叶尔萨。

“叶尔萨，要得！”依拉根尖叫着。

刹那间，叶尔萨扑了个空，它在地上打了几个滚，它的嘴巴虽然粘着野兔尾巴的毛，但野兔早已逃脱了。

接着轮到米尔卡表现身手，结果也失败了。当米尔卡扑过去的瞬间，野兔稍微改变跑的方向，就逃脱了。米尔卡不像叶尔萨那样打滚，它一失掉最初的机会，就跟着再起的叶尔萨并行追着。

依拉根的叶尔萨，接着米尔卡再度扑过去。

“好极了！”尼古拉大声叫。

刹那间，母兔消失了。

但是，当米尔卡扑过去而野兔正在改变方向的时候，最后赶来的如加依，竟把握了初来的机会，一窜出就将野兔咬得紧紧的，在泥泞中打着滚。

老地主看见了，高兴得几乎发了狂。他下了马，得意地看着尼古拉和依拉根，喘息着说：

“如加依，好极了，干得好！……真是好狗之中的好狗……”

延伸思考

【语言描写】看见是自己的狗最终逮住猎物，老地主大尼洛是掩不住的兴奋，连喘息都挡不住他说话。

老地主当场斩掉野兔的脚，且将野兔摇撼了几下，让血流出来，然后把它掷给如加依。这时，他还赞不绝口：

“干得好，真是干得好！”

“米尔卡曾扑过去两次……”尼古拉用惋惜的口吻说。

“已经追到那个地步，连普通的狗都会捉到。”依拉根也不服气地故意说。

老地主不管人家讲什么，好像连一句话都没有听进去的样子，只管称赞自己的狗。

这时，娜塔莎的笑声突然响起来了。

娜塔莎觉得这班大人们都很可笑：真像小孩子！有的得意忘形，有的不认输地说着气话……

尼古拉和依拉根也禁不住笑了。

延伸思考

【神态描写】都是成年人了还像小孩那样为点小事较真，想明白后尼古拉和依拉根都笑了，刚才尴尬的气氛一下子缓和了。

心绪平静之后，尼古拉他们才发觉已来到离伯爵家相当远的地方了。老地主的家当然离这里近多了。

这天老地主高兴极了，邀请尼古拉他们到他家去休息。娜塔莎和尼古拉并辔前行着，她在他耳边低语说：

“哥哥，我们这样骑着马玩，真是痛快极了，连结婚都不想哩。哥哥打算怎样？是不是趁这个休假的时间向索妮亚求婚……”

名家点评

尼古拉想要改变家庭的境况，却发现毫无办法，只有放纵不管了。但是尼古拉的回来给这个家庭带来了短暂的快乐。

拓展训练

1. 娜塔莎也参加狩猎了吗？

2. 他们逮住猎物了吗？

3. 在追捕猎物时他们碰到了谁？

伯爵家的悲哀

名家导读

欢乐的时光总是短暂的，欢乐过后还是要面对现实，究竟伯爵是怎样改善家庭经济状况的，他的家庭又有什么事情发生呢？

他们回到田庄后不久，罗斯托夫伯爵就辞去贵族团长的职务。每届的贵族团长都是请地方上德高望重、年纪较长的贵族来担任的。它是荣誉性的职务，不但没有薪水可拿，每年还要贴出许多钱。

无论如何，非改善家庭经济不可——伯爵虽然有这样的决心，但似乎做得太迟了，而辞去“贵族团长”的职务，并不见得对改善境况有多大的帮助。

比方邻村的地主或打猎同伴的贵族们来玩的时候，一定要招待他们晚餐，饭桌上还要玩牌助兴。

每次玩牌时，伯爵都故意将自己的牌显露让人家看到，从而输给客人几百卢布。这是从古至今大贵族表示大方的习惯。伯爵到现在还不改变他这种虚荣心。

延伸思考

【解释说明】通过解释说明大贵族阶层打牌时显示大方的行为，显示出罗斯托夫伯爵没落后依然“打肿脸充胖子”的心理。

尼古拉和娜塔莎常常看到父母两人在暗地里不安地谈着话，知道他打算要出卖莫斯科富丽的祖宅以及莫斯科郊外的田庄。他们不这样做的话，娜塔莎的嫁妆也很成问题哩！

目前，罗斯托夫家的马厩里还有五十匹马和十五个马夫。管猎狗的有六个人。连厨师、管家、个人贴身仆人等，佣人的总数将近五十个。

伯爵夫妇尽管着急，但却不肯改革这种奢侈的生活。因为伯爵夫人还存着一个希望，那就是要尼古拉娶富家女，来解救眼前的经济恐慌。

那时，贵族小姐要出嫁的时候，嫁妆不仅有现款，还有广大的田庄。婚后新娘当然把这些土地的管理权交给丈夫。

这个理想的对象，伯爵夫人早就为尼古拉物色好了。她是他们在莫斯科时很要好的一位贵族寡妇的女儿，这位小姐是很富有的，因为她将继承她家所有的遗产。

伯爵夫人时常劝尼古拉到莫斯科去玩，并且要他去访问这位小姐。尼古拉当然知道母亲的用意，但他对这位小姐总是不感兴趣。尼古拉曾经问伯爵夫人道：

“妈妈，我如果爱上一位没有家产的小姐，难道就是不对了吗？妈妈不认为彼此相爱而结婚才能幸福吗？”

“尼古拉，你真不懂妈妈的意思，我比任何人都希望你会幸福，所以我才给你安排好了寻求幸福的门路，我求你到莫斯科去……”话还没有说完，她早已眼泪汪汪了。

母子俩都不讲出索妮亚的名字来，但伯爵夫人很清楚尼古拉爱着索妮亚，为着这桩事，她伤透了脑筋。

一年将尽，尼古拉归队的日子也近了，一天，伯爵夫人所担心的事终于发生了。圣诞节的晚上，尼古拉向母亲表示，他已经向索妮亚求婚了，并表明了要娶她的决心。

家庭里发生风波了。

比任何人犹豫不决而又左右为难的是伯爵。夫人要他教训儿子，要尼古拉放弃娶索妮亚的计划。实际上，连伯爵自己都认为索妮亚是个再好不过的媳妇，他很明白儿子的选择是对的。

“啊，这都是我造成的！”伯爵这样责备着自己，他好像坐在针毡上一般的难过。

延伸思考

【语言描写】尼古拉对母亲反问的语句，道出了他对索尼亚深深的爱恋以及对世俗婚姻观念的批判。

延伸思考

【交代说明】通过交代伯爵对尼古拉与索尼亚相爱事实的内心真实想法，表达了伯爵纠结的心理。

伯爵红着脸规劝儿子，尼古拉立刻拒绝道：

“我是个男子汉，我不能违背我自己的誓言……”

伯爵再也不能说什么，闷闷地回到自己的房里来。可是，伯爵夫人又不原谅他：

延伸思考

【语言描写】伯爵夫人对伯爵责备的话与要求，显示出伯爵夫人反对尼古拉与索妮亚婚约的坚定决心。

“这都是你宠坏了他，他才不听你的话。你是他的父亲，你应该拿出权威来！”

无论如何，夫人是要伯爵设法使儿子就范，她的态度很坚定，毫无妥协的余地。

尼古拉怎么央求她，这个本来很仁慈的母亲却发狂般地反对着。她还把索妮亚叫到自己面前，用难堪的话痛骂她：

“你这个忘恩负义的女孩子！尽管尼古拉如何认真地向你求婚，你也不应该答应的。你这个人实在太不自量力，难道你能给我们家带来什么好处吗？对了，这一定是你引诱尼古拉，想把我们一家带往灭亡之路……”

延伸思考

【动作描写】通过描写索尼亚遭受母亲责骂时的动作，显示出她紧张、委屈而又无奈的心情。

索妮亚低着头，咬紧嘴唇，只是乖乖地听着伯爵夫人的责骂。

说实在话，索妮亚一向把伯爵夫妇当作自己的亲生父母。佣人们也待她跟娜塔莎一样，称呼她为小姐。这些，她都非常感激。

小的时候，她跟娜塔莎一起玩，有时候也说过任性的话，但她成为稍懂事的姑娘以后，就很了解自己的处境，经常忙着帮助伯爵夫人管理家务。伯爵夫妇看到索妮亚这样懂事，也就格外喜爱她。

想不到因为尼古拉爱上自己，自己也答应了他的求婚，竟挨夫人的咒骂。

她爱上尼古拉，怎么会使罗斯托夫家灭亡呢？索妮亚怎么也想不通这个道理。

可怜的索妮亚只是沉默着，除了忍受痛苦以外，没有其他的办法。

自从这场风波过后，尼古拉听见母亲不断地侮辱索妮亚，他禁不住生气了。因而他警告母亲说："你如果不停止虐待索妮亚，我立刻跟索妮亚秘密结婚。"

"你们高兴怎么做就怎么做吧！"

伯爵夫人虽然表面上不示弱，但她心里却很恐惧，脸色很快变成苍白。

延伸思考

【神态描写】通过描写伯爵夫人苍白的脸色，流露出她内心极度的惊恐与担忧。

那时，俄罗斯的传统习俗，一结婚就不可以离婚，认为在神前结婚是绝对神圣的，是天注定的，不再容许任何理由来推翻它。

如果尼古拉和索妮亚手牵着手，随便到任何一所教堂结婚，而且请牧师证过婚的话，他们便成为正式夫妻了，伯爵夫人对他们也无可奈何。

娜塔莎看见母亲和哥哥闹得不可开交，她就出来做和事佬。她要哥哥尼古拉发誓：不擅自秘密结婚而伤父母的心。也让母亲向神明许下誓言：从此以后，不再虐待索妮亚。

这个家庭在骚动中迎接新年，不久，尼古拉便跟还在闹别扭的母亲分别，回到军队。他想跟索妮亚结婚的意志，当然一点儿都没有改变，只是稍拖延些日子罢了。

尼古拉走后，罗斯托夫家比从前显得更冷清、更惨淡了。

伯爵夫人因为心情恶劣而生病了，索妮亚也变得沉默寡言，尽量躲开夫人的视线，默默地料理着家事。

延伸思考

【交代说明】通过交代说明尼古拉走后伯爵家庭里伯爵夫人生病、索妮亚沉默的状况，刻画出一种惨淡的气氛。

这个时候，罗斯托夫家又有许多事情接连发生，这些事需要伯爵亲自到莫斯科去一趟。

那是他的祖宅和郊区田庄的买卖大略谈好了，要他亲自去做最后的决定。另一件重要的事，是娜塔莎的未婚夫安德烈公爵出国已满一年，可能要回来结婚，所以他必须带娜塔莎和伯爵夫人同去。

这次伯爵夫人不能同去，因为女儿出嫁前要准备的事情很多。娜塔莎虽然有父亲的关照，还是有许多不方便。最使人不放心的是夫人竟在这时候病倒了。伯爵在着急和

延伸思考

【书信介绍】通过介绍安德烈公爵来信的内容，显示出安德烈公爵对娜塔莎婚约承诺的坚定决心。

不安之下，把出发的日子一天又一天地拖延着。

现在安德烈公爵又有信来了，信里说他正在回国途中，到了莫斯科以后，父亲即使反对，他们也要举行婚礼的，所以请女方准备。

罗斯托夫伯爵再也不能等夫人康复了，他只好将夫人和彼恰留在乡下，仅带了娜塔莎、索妮亚和几个佣人，在一月底向莫斯科出发了。

名家点评

伯爵夫人面对家庭经济状况的日趋没落，期望可以凭借儿子尼古拉与一位富有贵族的女儿结婚来获得财富，但是却面临尼古拉与索妮亚私订终身的局面。

拓展训练

1. 伯爵为了缓解家庭经济状况辞去了什么职务？
2. 伯爵夫人希望可以通过什么途径来拯救家庭经济危机？
3. 伯爵夫人对尼古拉与索妮亚的婚约持什么态度？

顽固的老公爵

名家导读

安德烈公爵马上就要归国了，坚定了决心要与娜塔莎结婚的他能否说服老公爵呢？

罗斯托夫伯爵要到达莫斯科的几天前，安德烈公爵的父亲——老公爵也离开他的田庄，跟他的女儿玛丽亚到莫斯科去住。

老公爵被皇帝派了重要的职务——征召民兵委员长。为接洽公事，他特地到莫斯科来，也顺便在这里等儿子安德烈公爵归国。

一年的约定虽然过去了，但老公爵对于儿子跟娜塔莎的婚事，还是不肯赞成。

半年前，玛丽亚接到哥哥安德烈公爵从瑞士的温泉区寄来的一封信。

信里写着：我的身体一天天康复，虽然半年过去了，但还有半年不能见娜塔莎的面，实在太难过了。爸爸现在不知有什么想法？趁他高兴的时候，请你把今天附寄给爸爸的信，交给他好吗？只要爸爸赞成，我不管在哪里，都愿意立刻飞回俄罗斯。

玛丽亚看完了信，向上帝祷告，祈求允许哥哥实现愿望。于是，她将哥哥托她的信交给父亲。第二天，老公爵用带着挖苦的口吻向玛丽亚说：

延伸思考

【交代说明】通过交代一年后老公爵依然反对儿子与娜塔莎婚事的态度，这为下文安德烈公爵与老公爵之间的冲突做了铺垫。

延伸思考

【语言描写】通过描写老公爵的语言，显示出老公爵为儿子自作主张的婚事而恼怒生气的心情。

“告诉你哥哥，等我死了再想这事吧。大概不会太久了，我将要上天堂……”

玛丽亚想劝解他，老公爵却狠狠地大声说：“要结婚就结婚吧！我们将有个好亲戚哩，我的孙儿也将有个好妈妈，真是幸福之至！只告诉你一桩事：我这个家，女人已经过多了。安德烈如果要结婚，就分居好了。那么，你也立刻搬到他那里，跟他们同住去吧。”

玛丽亚听了，真是哑口无言，不知所措。

到了莫斯科以后，老公爵就严格命令玛丽亚，说罗斯托夫伯爵和娜塔莎到他们家里来访问时，绝对不许他们进来。

这样下去，父亲跟哥哥两人之间，总难免有一天会发生冲突的。玛丽亚日夜担忧着。

她为此非常难过，父亲实在太顽固了，对哥哥的婚事如此固执，将来对自己的亲事也不会随便的。玛丽亚觉得自己快成为人家所称的“老处女”了。什么时候才能结婚呢？这个问题使她感到不胜烦恼。

延伸思考

【介绍说明】通过介绍玛丽亚幼年丧母的不幸经历，结合前文中对老公爵固执性格的介绍，让我们深深同情玛丽亚的处境。

玛丽亚出生后便失去母亲，在记忆中母亲的影子一点儿都没有，她就是在这种冷清清的环境中长大的。从小她就信宗教，性格温柔，为人忠厚，也很聪明，算得上是一位贤惠的名门闺秀，不幸的是她的外貌长得并不十分美丽。

玛丽亚长得不能算是出众的美人倒是真的，但若因此而断定没有人肯娶她，未免太过“杞人忧天”。

事实上，玛丽亚那两只常带着寂寞之光的大眼睛，有时美丽的出奇，许多美女都没有她这样动人，但玛丽亚自己并不知道。

还有一点，玛丽亚并不看重自己拥有的广大土地，对于在俄罗斯是首屈一指的大地主，她也不自豪。

因为这个缘故，政府要人瓦西利公爵跟他儿子曾到她家里来，向玛丽亚求过婚。公爵的儿子就是在大舞会引起娜塔莎注意的那个外貌漂亮的青年军官阿那托尔。

阿那托尔很放荡，而且已到了不可收拾的地步。瓦西利公爵想要弥补这些损失，向有家产的玛丽亚动脑筋。他先托人打听老公爵的意思，在得到没有问题的确实消息后，父子俩就从彼得堡到老公爵的田庄来。

延伸思考

【交代说明】通过交代说明瓦西利公爵想要儿子给玛丽亚结婚的真正原因，显示出世俗社会追逐名利的婚姻观。

老公爵回答瓦西利公爵，说只要玛丽亚愿意，一切便没有问题。那时，玛丽亚在父亲和瓦西利公爵面前坚决地表示：她无意跟阿那托尔结婚。于是，这门亲事便告吹了。

老公爵虽然时常骂玛丽亚，对于她所做的事情也常有怨言，但是他内心里是非常爱这个女儿的。

当瓦西利公爵替儿子向玛丽亚求婚，安德烈公爵正在服役，玛丽亚心想自己一结婚，年老的父亲便得一个人孤单地留在家里，未免太可怜了。这是她拒绝婚事的一个原因。

延伸思考

【交代说明】通过交代玛丽亚拒绝瓦西利公爵一家求婚的原因之一，显示出玛丽亚对父亲的一片孝心。

另一个原因是：她看清楚阿那托尔并不是真正爱自己，而是为了自己的财产才要跟自己结婚的，这一点使她感到很不高兴。

因此，当玛丽亚拒绝阿那托尔的亲事时，旁边的老公爵嘴里虽然说："傻，傻子，多傻的家伙！"但他一抓到玛丽亚的手，便握得紧紧的，使她痛得几乎叫出声来。这种会心的赞扬，使玛丽亚感到不胜安慰。

名家点评

老公爵坚决反对安德烈公爵与娜塔莎婚事的态度，让玛丽亚深感不安，她也不免为自己今后的婚事充满担心。

爱的诱惑

名家导读

罗斯托夫伯爵和娜塔莎等人到达莫斯科后受到了德米特力叶芙娜夫人的热情接待，然而，在之后他们去固执的老公爵家拜访会遭遇什么样的情况呢？

罗斯托夫伯爵一行到莫斯科以后，便寄寓在德米特力叶芙娜夫人家。夫人是个巾帼英雄，她无论在任何人的面前，都会直率地把自己所想的或要说的全都讲出来。

娜塔莎的名字也是夫人替她取的，所以夫人格外疼爱娜塔莎，这一次也是她主动请罗斯托夫伯爵一家人住在她家里的。德米特力叶芙娜夫人还答应帮娜塔莎准备出嫁事宜，如购买嫁妆等。

休息了两三天，旅途的劳累过去了，罗斯托夫伯爵便带着娜塔莎到老公爵家去做礼节上的访问。

想不到老公爵连他们这种礼节上的访问都不肯接受。当伯爵和娜塔莎走进客厅，连接待的佣人都表示出厌烦的样子，等了好久，出来打招呼的竟只有玛丽亚一个人。

素称好好先生的伯爵忍住不高兴，笑嘻嘻地跟玛丽亚谈话，但不知怎的，玛丽亚始终畏怯着，答非所问。

娜塔莎觉得自己像坐针毡一般，实在不能再忍受了。

延伸思考

【比喻手法】通过比喻修辞手法的运用，刻画出了娜塔莎遭受老伯爵怠慢后内心尴尬伤心的心情。

实际上玛丽亚并没有反对娜塔莎跟哥哥结婚，她畏怯的原因是违背了老公爵的命令，请娜塔莎他们走进客厅。

可是娜塔莎看见玛丽亚冷淡的样子，以为玛丽亚也跟老公爵一样，对自己没有好感。

娜塔莎一访问回来，便伏在索妮亚的膝上，大哭特哭起来：

延伸思考

【动作描写】通过描写娜塔莎从老公爵家回来后大哭特哭的举动，显示出她极度伤心的心情。

"他为什么不早点儿回来？"

当天晚上，心血来潮的罗斯托夫伯爵，托德米特力叶芙娜夫人订好了一个包厢，便带娜塔莎和索妮亚去看歌剧。

罗斯托夫伯爵、娜塔莎、索妮亚三个人被引导着，走进歌剧院的包厢。坐下去以后，大家的视线都向他们射来，并开始低声议论着。

娜塔莎和安德烈公爵的订婚虽然是秘密的，但这个消息在上流社会已不翼而飞，大家都好奇地要看一看这位将跟又有钱又有地位的安德烈公爵结婚的娜塔莎小姐。

"咦，娜塔莎回到乡下去，不是长得更漂亮了吗？"这种交谈声，连娜塔莎自己也听到了。

娜塔莎将节目单卷成圆筒，无意识地配合着前奏曲的旋律，用她纤细的手指时而紧握，时而放松，碰见认识的人便微微点头或行注目礼。

好几天没有盛装的娜塔莎，这天晚上穿着晚礼服，打扮得如天仙下凡一般。

延伸思考

【比喻手法】通过比喻修辞手法的运用，显示出了身穿晚礼服的娜塔莎漂亮非凡的样子。

碰巧的是：坐在娜塔莎她们隔壁包厢的却是爱伦，这莫非是上天有意的安排？

歌剧上演了，骚动的观众静了下来。这时，爱伦包厢的门开了，有一个迟到的年轻人走了进去。他就是爱伦的哥哥阿那托尔。阿那托尔不慌不忙的脚步走近爱伦身边，细声说：

"多媚人呀！"

娜塔莎从阿那托尔嘴唇的转动，知道他说的是这句话。因为，阿那托尔说话的时候，朝她这边投了一瞥，所以她深信他讲的是自己。

一会儿，阿那托尔跟爱伦谈完了话，便有意无意地向娜塔莎行了注目礼，然后到楼下第一排的位子上去。

第二幕完结暂时休息的时候，爱伦特地走进娜塔莎她们的包厢来，微笑着向罗斯托夫伯爵说：

“伯爵，请您让我认识认识府上那位妩媚的小姐好吗？全城都轰动起来，大家都在称赞她，可惜我还没认识她呢！”

延伸思考

【语言描写】通过对爱伦语言的描写，刻画出她对伯爵和娜塔莎的恭维赞赏之情。

娜塔莎觉得自己竟能引起这位美丽的贵夫人注意，心里又得意又高兴，兴奋得禁不住脸红起来。“你太过奖了，她久居乡下，什么都不懂呢！”伯爵说。

“亲爱的伯爵，别这么说，还是让我来照顾您的小姐们吧。这一次我到这里来，不会逗留太久，你们大概也不会太久吧？所以我要设法使您的小姐们快活。”爱伦阿谀了伯爵一会儿，接着又朝娜塔莎说，“我在彼得堡已经听到很多关于你的话。我很早就想认识你，曾托过皮埃尔，也拜托过他的朋友安德烈公爵……”爱伦说到安德烈公爵的名字时故意加重语气，借此表示她已经知道他和娜塔莎的关系，而满足娜塔莎的虚荣心。

为了希望和她们更加熟识，爱伦请求伯爵允许姑娘中的一个到她的包厢里去看歌剧。于是，娜塔莎到她的那边去了。

第三幕结束的时候，阿那托尔又走进爱伦的包厢里来。爱伦替他们介绍完毕，阿那托尔便坐在娜塔莎身边的位子上。

延伸思考

【情节描写】通过描写阿那托尔再次走进爱伦的包厢的情节，显示出他早已和爱伦提前商量好了，以此来接近娜塔莎。

阿那托尔在娜塔莎耳边低语着：自从彼得堡的舞会和她见面以后，多么盼望跟她接近谈谈话，不料今晚竟达到这个愿望，真是平生最感到荣幸而快乐的一桩事。

娜塔莎曾听过关于阿那托尔的许多闲话，可是她跟他坐在一起，觉得他并不像个放荡、可怕的男子。相反她认为他是个极天真又快活的青年。

“娜塔莎小姐，我的同伴们打算举行一个化装舞会，你来参加好吗？这个舞会，不像彼得堡那样呆板，而是轻松有趣的。你能去吗？”

阿那托尔好像对老朋友那样，从容地侃侃而谈。谈话间他始终没有把笑脸离开过娜塔莎片刻。

“啊，这个人完全被我迷住了！”娜塔莎自我陶醉着。当她的视线碰到阿那托尔那热情的眼光时，她恐惧地觉得在他和她之间，完全没有了她一向所感觉到的：她自己和别的年轻男子之间的那种羞耻的障碍。

她自己也不知道为了什么，在几分钟内便觉得自己和阿那托尔已极接近了。

那天晚上，娜塔莎从歌剧院回来，一个人在房间里的时候，不胜烦闷：

“怎么办呢？我变成了爱情不专一的坏女人……”

“我是不是没有资格再爱安德烈公爵呢？”娜塔莎问了自己好几遍，然后欣慰地嘲笑着自己，“我这话问得多伤感呀！我并没有做出什么事情，任何人都没有发觉到，而且，从此以后我也不会再见到阿那托尔了。”娜塔莎说服了自己，心里才稍微舒服一些。

“啊，我到底怎么办才好呢？为什么安德烈不在我身边呢？”娜塔莎一边在心里悲痛地叫着，一边却想起阿那托尔那白白的脸、讨人喜欢的姿态和温柔的笑容。

当娜塔莎一个人正在苦闷不安时，阿那托尔却跟一个青年军官——和他同样放荡的朵罗豪夫，一边喝着酒，一边做一万卢布的打赌。

延伸思考

【对比描写】通过对比描写娜塔莎对阿那托尔之前听闻的与今天亲身感受的印象差异，流露出娜塔莎对他的好评，看来安德烈公爵要有竞争者啦！

延伸思考

【心理描写】通过描写娜塔莎会见过阿那托尔之后烦躁不安和纠结的内心，显示出娜塔莎已经无形中被阿那托尔的英俊形象和甜言蜜语所打动。

那是起因于阿那托尔夸口他将诱拐娜塔莎，甚至要带她私奔……

延伸思考

【语言描写】阿那托尔居然拿欺骗娜塔莎的感情来打赌，看来阿那托尔的确是一个纨绔子弟。

朵罗豪夫知道阿那托尔玩女人的本领高强，但他相信娜塔莎的未婚夫安德烈公爵不久将回国，阿那托尔绝对达不到这个目的，于是他向阿那托尔打赌道：

“好！我们就赌一万卢布吧！”

朵罗豪夫刚跟人家玩纸牌，用不正当的手段赢了一笔钱，所以他就把这笔钱拿来下赌注。

阿那托尔为什么还留在莫斯科呢？那是他父亲瓦西利公爵的命令，要他趁安德烈公爵的父亲——老公爵和玛丽亚逗留在莫斯科期间，想办法接近玛丽亚，再度向她求婚。

可是，阿那托尔并不把这些念头放在心里，连去看一下玛丽亚都没有，整天跟那些不正经的吉普赛女郎游荡着。

阿那托尔这样做，一则是因为本性喜欢这样子，二则是他有不可告人的秘密——他已经是一个有妻子的人了，这秘密连他父亲瓦西利公爵都不知道呢。

延伸思考

【交代说明】通过交代阿那托尔早已有妻子的前因后果，揭示出阿那托尔是一个不折不扣感情骗子和浪荡公子。

阿那托尔随着军队驻防波兰期间，曾诱拐当地落魄的贵族小姐。当这位小姐的父亲发觉后，绝不放过他，对他说明：如果他不和他女儿正式结婚的话，他将向军政局控告他的罪行。

阿那托尔不得已而和这位小姐举行了婚礼，以应付那时的处境，然后给新娘子的父亲一笔钱教他不要在社会上把这件事情公开出来。

追根究底，那个波兰贵族是为了要几个钱，才以女儿为饵，让阿那托尔上了他们的当。

那时，阿那托尔为筹出这笔钱，大费心思，结果只好向他妹夫皮埃尔哭诉，请皮埃尔帮忙。所以，知道阿那托尔秘密结婚的，仅有皮埃尔和阿那托尔最亲近的坏朋友朵罗豪夫两个人而已。

阿那托尔是罗斯托夫伯爵家很要好的朋友皮埃尔的大舅子，娜塔莎是安德烈公爵的未婚妻，他已经知道得很清楚。可是，他在歌剧院看见娜塔莎以后，他却不管她是否有对象，只把她当作自己的一个“好猎物”，立刻决定要追求她，并特地走到妹妹爱伦的包厢来。

说不定正因为娜塔莎是位有未婚夫的小姐，才更激起阿那托尔的非分想法，认为抢夺别人的爱人是一件趣事。

那一天晚上，阿那托尔不断地思考着如何接近娜塔莎，如何把她弄到手。

延伸思考

【推测说明】通过对阿那托尔故意夺人所爱的卑劣行为的动机推测，刻画出阿那托尔卑鄙无耻、没有节操的丑恶嘴脸。

名|家|点|评

娜塔莎和父亲兴高采烈地去拜访老公爵却遭遇怠慢，伤心欲绝的娜塔莎在剧院放松心情时遇到了阿那托尔的殷情交谈，为之所动，但她不知道那是一场感情阴谋。

拓展训练

1. 娜塔莎和父亲前去老公爵家拜访时受到什么待遇？
2. 玛丽亚对娜塔莎他们答非所问的真正原因是什么？
3. 阿那托尔身上到底有什么不可告人的秘密？

恶魔的招待

名家导读

爱伦这个个性放荡的女人到德米特力叶芙娜夫人家拜访了娜塔莎，不知道她对娜塔莎有何意图呢？

娜塔莎她们去看歌剧后又过了三天，这些日子里，娜塔莎一直待在德米特力叶芙娜夫人的家里。

她时刻盼望着安德烈公爵回来，曾两次派人到老公爵家去打听消息，但结果都是失望。

第四天，德米特力叶芙娜夫人带着严肃的面孔对娜塔莎说道：

延伸思考

【神态描写】通过描写德米特力叶芙娜夫人严肃的神态，显示出她对老公爵固执地拒绝娜塔莎他们拜访的恼怒之意。

“娜塔莎，为了你的事情，我现在想要到那个不讲理的老公爵的公馆去，跟他谈判一番。”

德米特力叶芙娜夫人走后，洋装店的女店员带着娜塔莎的新衣来给她试穿。

娜塔莎正无聊得很，看了新衣感到非常高兴，于是就穿上无袖的上衣，偏着头照镜子，看看是不是合适。正当这个时候，她听到客厅里有她父亲和另一个女子的说话声。娜塔莎正想脱下试穿的衣服，但来不及了，因为爱伦已经走进她的房间里来了。

今晚八时，爱伦家里要举行晚会，她特地来邀请娜塔莎去参加的。

爱伦看着伯爵走开，立刻紧握住娜塔莎的手道：“娜塔莎小姐，昨晚我哥哥在我家里吃饭，你说好笑不好笑：他什么也吃不下，只是想念着你……哥哥爱你爱得要命，简直要发疯呢，我的美人。”

娜塔莎听了爱伦的话，不但脸上，连脖子、胸部都红起来了。

“娜塔莎小姐，你的脸红得像盛开的花朵，好看极了，阿那托尔看了，不知要怎样高兴呢！哈！哈！”爱伦开了一会儿玩笑，就认真向娜塔莎劝告说，“你今晚一定要来。纵令你有爱人，也不必过着修女样的生活。就是你已经订过婚，我相信你的未婚夫也希望你过得快活些，尤其当他不在你身边的时候。你应该到交际场所去玩玩，免得一个人太无聊……”爱伦想说服娜塔莎，她以为她这种贵妇人的高明见解，幼稚的娜塔莎听了一定会深深赞许的。

“这样看来，她是知道安德烈公爵是我的未婚夫，所以才劝我了。她说得很对，参加晚会并没有什么关系，我自己未免过于束缚自己。”娜塔莎听了爱伦的话后，先前认为是可怕的事，渐渐地又觉得没有什么了。

爱伦回去后不久，德米特力叶芙娜夫人从老公爵家回来。

伯爵很想知道谈判的结果。

但从她的表情看来，似乎不大理想，伯爵也就暂时不问。夫人听说爱伦来邀请娜塔莎去参加晚会，不知道事情经过的她却向娜塔莎说：

“我实在不喜欢爱伦那个女人，不过你既然跟人家约好，那么你就去散散心吧。”

罗斯托夫伯爵本来不大想去，可是娜塔莎再三央求他，他终于拗不过女儿的纠缠，连索妮亚也被带去参加爱伦的晚会了。

参加晚会的人数相当可观，大多数是娜塔莎所不认识的。而且，里面也有不少正经家庭不愿意跟他们来往的所谓“行为不检的男女”。罗斯托夫伯爵看了，满肚子不高

延伸思考

【神态描写】通过描写娜塔莎害羞的神情，流露出娜塔莎为阿娜托尔所吸引后内心激动而又紧张的状态。

延伸思考

【语言描写】通过描写爱伦的语言，言语中流露出爱伦放荡的价值观，以及向娜塔莎渗透其观点的意图。

兴，觉得能越早离开这个场所越好。他盯牢女儿们，设法不离开她们身边。

阿那托尔自罗斯托夫父女走进客厅的时候起，一直紧跟着娜塔莎。当请来的著名女歌星开始朗诵诗歌时，他的计划成功了，他找了一个好位子，正坐在娜塔莎的后面。

娜塔莎素来爱好诗歌，她听了第一流的歌星的朗诵，深深地被感动着。

“多美妙的朗诵哟，她又长得那么漂亮！”娜塔莎向正要站起来的索妮亚和伯爵说。

这时候，从后面传过来阿那托尔的甜言蜜语：

“当你在这里的时候，我不觉得那位歌星漂亮。在我看来，你比她美丽多了，自从我第一眼看到你以后，我就不断的……”

延伸思考

【语言描写】阿那托尔对娜塔莎的甜言蜜语攻略开始了，不知道娜塔莎能否经得起“糖衣炮弹”的诱惑。

阿那托尔细声说到这里，伯爵回身催促娜塔莎道：

“娜塔莎，怎么了，时间不早了，我们走吧。”

伯爵向主人告辞，爱伦却不让他们走，说适合年轻人的跳舞将要开始了，无论如何，等跳完舞再走。

优柔寡断的伯爵，拗不过爱伦的央求，只好留下来。

阿那托尔立刻邀请娜塔莎跳华尔兹舞。

“娜塔莎小姐，你为什么长得那么美丽呢？”阿那托尔一边跳，一边在她耳边低语，“我爱慕你，我被你迷住了！”

“请不要向我说这种话吧，我订过婚了，我有理想的爱人……”娜塔莎垂下眼睑，直截了当地说。

阿那托尔并不放松，更热烈地说：“这对我有什么关系呢？我只是爱你，疯狂地爱着你。”阿那托尔用手握着娜塔莎的手，“难道我不该爱你吗？那你不能怪我，应该怪你自己长得太漂亮了，叫我情不自禁哩！”

延伸思考

【语言描写】通过描写阿那托尔的甜言蜜语，显示出他是多么的能说会道和擅长捕获女孩的芳心。

跳完了华尔兹舞后，娜塔莎问爱伦更衣室在哪里，她打算整理衣服去。

阿那托尔不好意思跟着她到那里去。爱伦带娜塔莎到更衣室去的途中，又以哥哥对她的爱慕为谈话材料，并不断地替哥哥吹嘘着。娜塔莎整理好衣服出来时，爱伦又说：

“你疲倦了吧？请到那边休息一会儿好吗？”

于是，她把娜塔莎带到一间清静的房间去，自己立刻走出来。

娜塔莎坐在沙发椅上，以为爱伦出去拿冷饮之类的东西来给她喝，正在期待的时候，阿那托尔一个人匆匆忙忙地走进来，跪在娜塔莎面前。

“我不敢到德米特力叶芙娜夫人家里去看你，难道我从此就见不到你吗？我爱你爱得几乎要发疯了。难道我真的从此就……”阿那托尔说着，紧握着娜塔莎的手。

娜塔莎听了，感到眼前发黑，她有些不知所措，呼吸都几乎停止了。半晌，她才软弱地说：

“不行，请你放开我，我是……”

延伸思考

【神态描写】通过描写娜塔莎不知所措的神态，显示出娜塔莎被阿那托尔接二连三的甜言蜜语所征服，心理防线马上就要崩溃的状态。

名家点评

阿那托尔在爱伦的帮助下，成功邀请到娜塔莎前来参加舞会，在舞会上阿那托尔甜言蜜语的轮番“攻击”，让单纯的娜塔莎心理防线面临崩溃。

拓展训练

1. 爱伦拜访娜塔莎用意何在？

2. 德米特力叶芙娜夫人前去老公爵家讨要说法结果如何？

3. 面对阿那托尔的甜言蜜语，娜塔莎最终如何？

陷　阱

名家导读

德米特力叶芙娜夫人建议娜塔莎他们回到乡下等待安德烈公爵回来后再商定婚事，然而娜塔莎收到了一封来信彻底打乱了一切。

爱伦举行晚会的第二天早晨，德米特力叶芙娜夫人向罗斯托夫伯爵建议说："老公爵实在太顽固了，你们还是先回到乡下去，等安德烈公爵回来再谈比较好。"

娜塔莎不等父亲开口，便插口反对道：

"不，不！"

"不行也得回去，"德米特力叶芙娜夫人瞪了娜塔莎一眼，坚持着自己的主张继续说，"那个老公爵实在可恶得很，一点儿道理都不懂，如果你未婚夫回来，也难免发生一番争吵的。所以，要等他们父子先谈判好了，再到你们家里去接你比较妥当些……"

伯爵也赞成离开莫斯科。

"那也是没办法的事。你们既然来到这里，当然应该去拜访他。他不愿意见你们，那是他没礼貌。现在嫁妆也准备好了，你们还等什么呢？如果没有准备的，我会派人送去。我是舍不得你们走，但是在这种情形之下，你们再住下去是不合适的……"德米特力叶芙娜夫人一边说，一边从她的手提袋里掏出玛丽亚的信，把它递给娜塔莎说，

延伸思考

【语言描写】通过描写德米特力叶芙娜夫人对娜塔莎说的话和语气，显示出德米特力叶芙娜夫人的处事缜密干练和强势。

“这是她写给你的。她站在她父亲和你中间，多么苦恼哩！她真担心你会以为她不喜欢你。”

“是的，我认为她不喜欢我。”娜塔莎说。她的声音是那么的肯定，她的表情是那么充满着痛恨，她的态度引起德米特力叶芙娜夫人的反感。夫人瞅住她道：

“少说废话。你，好姑娘，不要那样回答我，我说的是真话，你写一封信给她。”

娜塔莎没有回答夫人的话，就到自己房间看玛丽亚的信去了。

娜塔莎看完信的时候，女仆走了进来。

“小姐，有一个陌生的男人要我把这封信交给你。”

这是朵罗豪夫开玩笑代阿那托尔起草的信。这封信这样写着：

> 昨晚我的命运已经决定了，那就是能够被你所爱，我便可以快活地活下去，否则我只有死路一条，除此之外没有别的路可走……

娜塔莎把阿那托尔的这封来信看了又看，再三品味着，连晚饭也不吃，把自己关在房间里。

德米特力叶芙娜夫人要到朋友家去，她提议姑娘们也一道去玩，娜塔莎推说头痛不愿意同去。

索妮亚一个人陪着夫人去，回来的时候已经是深夜了。她立刻到娜塔莎的房间来看娜塔莎的动静，只见娜塔莎连衣服也没换，躺在沙发椅上睡着了，阿那托尔的那封信打开着，放在旁边的桌上。索妮亚把信拿起来展阅。

索妮亚看完了信，脸色苍白，恐怖得浑身禁不住发起抖来。

“她怎么亲近起那个阿那托尔呢？难道她不再爱安德烈公爵了吗？不，不，这是不可能的，娜塔莎绝不会爱上那种男人。也许她不知道是谁寄来的信而拆开来看，看后一定觉得很生气。她是不会做出这种事的人。”索妮亚这样想着，一边擦着因难过而流出来的泪水，一边低声叫：

延伸思考

【排比手法】通过排比修辞手法的运用，表达了娜塔莎对老公爵和玛利亚一家阻止她与安德烈公爵婚姻的恼怒之情。

延伸思考

【交代说明】通过交代说明娜塔莎收到和阅读阿那托尔来信后“茶饭不思”的状态，显示出她内心的波动。

“娜塔莎！”

娜塔莎立刻醒来，她从索妮亚不寻常的脸色上，马上察觉到对方发现了自己的秘密。

“索妮亚，你看过信了吗？”

“是的。”索妮亚点点头。

娜塔莎的脸上挂着胜利的微笑，得意地说：“索妮亚，我现在可以告诉你了。你应该知道我们彼此相爱！索妮亚，他写……”

“那么，安德烈公爵呢？”

“索妮亚，你知道我现在是多么的幸福吗？”娜塔莎得意地说。

索妮亚静静地注视娜塔莎，然后摇摇头说：“不，我不相信有这回事。娜塔莎，你整年爱着一个人，怎么会忽然……你不是只见过阿那托尔三次吗？你跟见过三次的人就会忘掉一切，有那样的事吗？”

“我觉得我已经爱他一百年了。自己也觉得很奇怪，我第一次看到他的时候就不由得爱他，只要是为了他，任何事情我都可以做出来的。你大概无法了解我这种心境吧？啊，我到底要怎么办呢？怎么办才好呢？索妮亚。”

“你在说些什么话呀！”索妮亚直率地说道，“你要想一想你在做什么。你怎么让这桩事情发展到这个地步？”

“我现在已经没有自己的意志了，我只是爱他，爱得要命……”

“你高兴怎么说就怎么说吧，但我不能让这件事这样发展下去，我要告诉大家……”

“请发发慈悲，别告诉大家好吗？索妮亚。你如果把这件事传扬出去，你就是我的敌人，我终生恨你！”

索妮亚听了娜塔莎一会儿央求、一会儿威胁的话，禁不住哽咽起来，于是用温和的语调关切地问：

“可是，那个阿那托尔是不是真的爱你呢？”

“你怎么还要说这种话呢！”娜塔莎的脸上浮着浅

延伸思考

【神态描写】通过描写娜塔莎微笑的神态，流露出她已经深深陷入阿那托尔的温柔陷阱里而不能自拔。

延伸思考

【语言描写】娜塔莎如痴如醉的语言，流露出她已经深深陷入阿那托尔的所谓的“真爱”之中。

笑，似乎在怜悯索妮亚太不聪明了。

“你不是看了信吗？他这个人，你不是也见过了吗？”

“不过，他如果是一个卑劣的人……”

“怎么，他怎么会是一个卑劣的人？”

“他如果是一个高尚、正经的人，他会正正当当地向你求婚，不会这样偷偷摸摸地寄信给你的。”

索妮亚的话娜塔莎再也听不进去了。

“除了他，我什么人也不需要，我什么人也不爱。你怎么敢说他是个卑劣的人。索妮亚，你出去吧，我不想跟你争吵，你出去吧！”

索妮亚听了娜塔莎痛恨的叫声，禁不住“哇”的一声哭了出来，立刻从娜塔莎的房间里跑出来。

她走了以后，娜塔莎靠近桌边，用两手支撑着下巴，思索了一会儿，一口气写好本来不大愿意写的给玛丽亚的回信：

玛丽亚小姐，你用不着再担心了，因为我不打算做你哥哥的妻子……

延伸思考

【对话描写】通过描写娜塔莎与索妮亚之间的对话，显示出娜塔莎深陷爱情而执迷不悟的状态。

名家点评

娜塔莎收到了阿那托尔再次示爱的来信，她彻底被征服了。面对索妮亚的苦苦劝告，依然执迷不悟并给玛利亚书写解除婚约的书信。

拓展训练

1. 德米特力叶芙娜夫人建议娜塔莎一家怎么做？

2. 女仆送给了娜塔莎一封什么来信？

3. 娜塔莎面对索妮亚的劝告，最后做何决定？

悲壮的决意

名家导读

在即将离开莫斯科回乡下的前一天，娜塔莎要做出一件惊天动地的大事，会是什么事呢？

罗斯托夫伯爵决定离开莫斯科的前一天早晨，一早他就带着要购买房子的人到郊外的别墅去。伯爵要出发的时候，向德米特力叶芙娜夫人说：

“我今晚说不定要住在那边。”

“你好好地跟他们谈判吧，别受骗啊！至于娜塔莎，我会好好地照顾她的。”德米特力叶芙娜夫人笑嘻嘻地说着。

可是，在前一天的晚上，娜塔莎和索妮亚被德米特力叶芙娜夫人带着参加一个贵族的宴会时，阿那托尔也到那里去了，索妮亚发觉娜塔莎偷偷地不知在跟他商量着什么。

延伸思考

【交代说明】通过交代说明索妮亚发现娜塔莎与阿那托尔在宴会上窃窃私语的情景，为下文俩人打算私奔埋下了伏笔。

两人回来以后，娜塔莎用讨好索妮亚的口吻说：

“索妮亚，你那一次侮辱了我的爱人，不是吗？今天，我跟他商谈了一桩事。”

“咦！你跟他商谈什么事？”索妮亚忐忑不安地央求着娜塔莎，“他说什么呢？请你坦白告诉我吧！”

娜塔莎闭起眼睛，想了一会儿说：“那个人说，”娜塔莎谈到这里，又住了口。接着，她故意用明朗的声音说，“他明白了我跟安德烈订婚的情形，知道我随时可以取消和安德烈的婚约，高兴到了极点。”

“你，你大概不会把这桩事告诉安德烈公爵吧？噢，对啦，你给玛丽亚小姐的信里写了些什么呢？”

“嗯，也许写着很糟糕的事。但不管怎样，是与你不相干的。索妮亚，你有什么权利干涉我呢？”

“娜塔莎，我只是在担心你！你稍微冷静地想一下，就会发现你好像故意在糟蹋自己的幸福。”

延伸思考

【语言描写】索妮亚对娜塔莎的苦苦规劝，显示出她对娜塔莎的关心与担心。

“是啊，我要糟蹋自己的幸福，那又怎样？糟蹋的是我自己，你不要理我好啦！索妮亚，我向你坦白地讲：我不但不像从前那样喜欢你，反而憎恨你、厌恶你！”

“娜塔莎！”

“我恨你！恨你！你记住吧，你永远是我的敌人！”娜塔莎喊着，奔出房间。

——那是昨晚的事。从那时起，索妮亚不断地注意着娜塔莎的动静。

中午快到了。

娜塔莎自吃过早饭以后，一直站在窗前，等着跟走过马路的一个男人做暗号。她的动作被索妮亚发觉到的时候，索妮亚仅看见那个男人的背影，她觉得他仿佛是阿那托尔。

傍晚的时候，索妮亚看见一个女仆畏畏怯怯地走进娜塔莎的房间里，她觉得这个女仆的态度可疑，就站在门外偷听她们的谈话，知道女仆又帮娜塔莎带来一封信。

“娜塔莎想跟那个男人逃走！”索妮亚在心里这样推测着，她恐怖得心房“扑扑扑”地跳个不停。

延伸思考

【心理描写】通过描写索妮亚忐忑的内心活动，显示出她担心娜塔莎做出什么不轨之事的心情。

“啊，我到底该怎么办，怎么办才好呢？爸爸今晚说要住在那里，我要采取怎样的步骤才妥当呢？”索妮亚一个人在那里干着急。“我是不是要写信给阿那托尔？不，还是先告诉德米特力叶芙娜夫人才对……”索妮亚终于下定决心。尽管夫人讲话随便，但她是把娜塔莎当作亲生女儿一般看待的。夫人那么信任她们，去告诉她这种事情，在索妮亚看来是一桩痛苦的事情。“但不管怎么样，我要采取有效的方法阻止她的私奔，否则，我怎么能对得起罗斯托夫家抚养我的恩惠呢？从这桩事也可以证明，我是如何地爱护娜塔莎。是的，我就是两三个晚上不睡觉，甚至费尽我的全力，我也不能让娜塔莎走出这个房子，我无论如何，要设法防止将要降临到罗斯托夫家的这桩灾难……”索妮亚站在娜塔莎房间前黑暗的走廊上，紧紧地咬着自己的嘴唇。

名家点评

一直关心娜塔莎的索妮亚，时刻关注着娜塔莎的一举一动，终于发现了娜塔莎要与阿那托尔私奔的行为。

拓展训练

1. 索妮亚在宴会上发现了娜塔莎的什么举动？

2. 娜塔莎对索妮亚的好心劝告持什么态度？

3. 索妮亚决定采取什么方法来阻止娜塔莎？

阿那托尔的失败

名家导读

阿那托尔已经和娜塔莎计划好的私奔的具体细节，不知道他的阴谋能否得逞呢？

这个时候，阿那托尔在一个肮脏的小房子——朵罗豪夫的姘头吉普赛姑娘的家——喝着酒，预祝这一次私奔的成功。

诱拐娜塔莎的计划都安排好了，所需要的东西也都准备妥当了。他刚才已经写信告诉娜塔莎自己的计划：

晚上十点钟，娜塔莎从德米特力叶芙娜夫人家里后边的楼梯走下来，阿那托尔在后面的院子里等她，然后把她扶上三头马的橇车上，并带她到假牧师那儿举行婚礼。

延伸思考

【介绍说明】详细介绍了阿那托尔和娜塔莎私奔的细节，为下文行动的实施做了铺垫。

这些仪式完毕后，就尽快离开俄罗斯边境，逃到外国。

到了外国以后怎么办呢？阿那托尔根本没有想到这一点。也许他用不着想这些。

阿那托尔认为现在最要紧的是：无论如何，把娜塔莎弄到手，把她占有就行了，至于别的事情，他可没有闲心情去管它。

阿那托尔穿上系着银色腰带的旅行皮袄，把黑色貂皮帽戴在头上，望着朵罗豪夫、吉普赛女人和几个狐朋狗友，还有车夫巴拉加那些人，说：

“喂，大家来干杯！巴拉加，你也来！”

然后，他挺起胸膛，严肃地说道：

“充满青春的好朋友们，咱们相处多日，一起过着美好欢乐的生活，但从今天，不，现在起，我就要跟大家分别了。我为毕生最伟大、最危险的恋爱，将要到生疏的外国去旅行。为了庆祝我恋爱的成功和大家的健康，请干了这一杯吧！”

阿那托尔一饮而尽，把杯子摔到地上去。

延伸思考

【动作描写】通过描写阿那托尔和狐朋狗友告别时的动作，显示出他志在必得的得意慷慨之情。

“祝一路顺风！”橇车夫巴拉加也喝干了自己杯子里的酒。

“阿那托尔，我送你一件好礼物吧。”朵罗豪夫说，把下巴动了一下，命令吉普赛女人，“喂，去拿那件东西来。”

吉普赛女人会意了，立刻拿出一件上等女人用的皮大衣来。

“阿那托尔，你好好听着：娜塔莎一定穿着家常便服恐慌地跑出来。你假使稍微耽搁一下，她就会眼泪汪汪地叫起爸爸、妈妈来，接着，还会渐渐冷得发僵。因此，就会想念家里，而央求你让她回去——这是必然的事。那时，你立刻用皮大衣把她包起来，扶她上车。那么，你就会感谢我这个好朋友为你想得太周到了。”

“谢谢你，只要娜塔莎出来，就是我的天下了！再见，你也祝我幸福吧！”阿那托尔朝吉普赛女人说完后，接过皮大衣。

延伸思考

【语言描写】通过描写阿那托尔的语言，再次流露出他自信满满、志在必得的得意之情。

于是，他们开始出发了。

阿那托尔和朵罗豪夫坐上巴拉加的车，后面那辆车坐着阿那托尔的佣人和载着旅行用的行李。朵罗豪夫打算到假牧师那儿去帮阿那托尔的忙。

两辆橇车用很快的速度在大马路上疾驶起来。途中，这两辆车在超过别的橇车时，可听见跟别的车摩擦的声音和对方的叫骂声，但巴拉加连理也不理。

车子到了德米特力叶芙娜夫人家附近的时候，他俩便从橇车上跳下来，阿那托尔吹着和娜塔莎约定的口哨。

立刻有了回应，从夫人家里传出吹得不高明的口哨声，接着，娜塔莎的女仆跑了出来。

“请赶快到院子里来吧，否则会被人看见的，小姐马上就要出来了。”她边说边不住地颤抖着。

延伸思考

【动作描写】通过描写女仆颤抖的动作，流露出她因为瞒着别人而替娜塔莎传信地紧张不安的状态。

朵罗豪夫在门边守候着，阿那托尔一个人走到后面院子里去。当他打算迎接娜塔莎要爬上后面楼梯的时候，突然有一个彪形大汉——德米特力叶芙娜家的跟班——阻挡了他的去路。那大汉彬彬有礼地说道：

“请你去见女主人……”

“你是什么东西？走开！”

“请进去吧，我奉夫人的命令来领路的。”

跟班的说话虽然很客气，但他使出浑身的力气，想把阿那托尔拖进去。

“阿那托尔！快回来！上当了！”朵罗豪夫大声喊着，他也正跟人撕扯着。

巴拉加看情势不妙，立刻跑来协助阿那托尔挣脱那大汉的纠缠，跟着朵罗豪夫狼狈地逃上橇车。

名家点评

阿那托尔自信满满地实施他与娜塔莎的私奔计划，结果遭遇德米特力叶芙娜夫人跟班的突然拦截而失败。

拓展训练

1. 阿那托尔是如何计划他与娜塔莎私奔细节的？

2. 朵罗豪夫送给阿那托尔一件什么礼物？

3. 阿那托尔的计划最终结果如何？

娜塔莎的绝望

名家导读

阿那托尔的计划失败了，这一切都归功于德米特力叶芙娜夫人的精心安排，但是娜塔莎她会做何反应呢？

阿那托尔诱拐娜塔莎为什么会失败呢？

原来德米特力叶芙娜夫人看到索妮亚在娜塔莎房间前面的走廊上啜泣着，于是她起了疑心，逼索妮亚说出了一切。

夫人听了这消息后非常愤怒，立刻走进娜塔莎的房间。“你这个不要脸的！”她一边骂，一边用力将娜塔莎推倒在沙发上。然后用钥匙把门锁了起来，将娜塔莎关在里面。

延伸思考

【语言描写】通过描写德米特力叶芙娜夫人的语言，显示出她听到娜塔莎要与阿那托尔这种人私奔的事情后极度愤怒之情。

夫人还把看门的、跟班的等佣人叫来吩咐他们该如何做，也向被阿那托尔收买的娜塔莎的女仆面授机宜。她迅速地布置好了以后，就坐镇客厅，等候着诱拐的人到来。当跟班的来向她报告阿那托尔逃脱的时候，她蹙着眉头，在房中来回地走了很久，然后再走进娜塔莎的房间去。索妮亚跟随在后面。

“你竟做出这种好事来。怎么好意思跟这种人在人家家里幽会呢？”夫人边责问，边用严肃的目光盯着娜塔莎，看见她毫无反应，就把她推一推，“你也许不在乎干这种下流的勾当，但你父亲的面子怎么办呢？我问你，叫你

父亲还有什么脸见人呢？嗯，这个男人也太可恶了，就算他跑到天涯海角，我也非把他找出来不可！喂！小姐，你到底有没有听见我讲的话？”德米特力叶芙娜夫人用她的大手掌抓着娜塔莎的下巴，把娜塔莎的脸扳过来向着自己。

“不要管我……你到底是我的什么人？……我不在乎……我要死了。”娜塔莎断断续续地说，同时用力把夫人的手推开，她仍照原来的姿势躺着。

延伸思考

【语言描写】通过描写娜塔莎断断续续的语言，流露出她伤心欲绝和抱怨之情。

“娜塔莎，我是为你这样费神的。我不再责备你的错误，但你也该反省一下自己的罪过！而且，你父亲明天就要回到这里来，我到底要怎样向他交代呢？”

娜塔莎抖动着身体，只是哭泣着。

“你父亲如果知道，哦，还有你的哥哥，以及你的未婚夫……”

“我没有未婚夫，我已经拒绝他了。”

“咦！你拒绝了？”夫人问着，郑重地道，“好，那我告诉你吧！你以为把亲事拒绝了，一切就没事情了？安德烈公爵知道了这桩事，难道他会饶过阿那托尔吗？还有你父亲，他万一知道了这桩事，他也会邀阿那托尔决斗的。这些事情，难道你也认为不要紧吗？”

“为什么你要干涉我呢？一切为了什么？谁请求你这么做的？”娜塔莎大叫着，突然从沙发椅上站起来，恨恨地看着夫人。

“那么，你想怎么办呢？那个无赖为什么要拐走你呢？即使他能把你拐走，你以为大家都找不到你吗？你是有父亲、哥哥还有未婚夫的人。”

“他是比你们任何人都有品德的人，假使你们不阻挠，我们能过幸福的日子。……索妮亚，你为什么要多管闲事？走开，大家快走开！”娜塔莎又投身在沙发椅上，悔恨交集地哭着。

延伸思考

【语言描写】通过描写娜塔莎的语言，显示出她依然对阿那托尔念念不忘，她是如此地执迷不悟。

德米特力叶芙娜夫人这时改变了态度，亲切地劝解娜塔莎：“不要向任何人表示出曾发生了这件事情，尤其对你父亲罗斯托夫伯爵，无论如何，要设法瞒住他。”

娜塔莎没有回答她。

夫人把要讲的都讲完了，跟索妮亚两个人将娜塔莎安放在床上，然后煎着安静药给娜塔莎喝。

第二天，罗斯托夫伯爵如期回来。他因和买主谈妥事情，所以显得很愉快。

德米特力叶芙娜夫人迎他进来后，立刻采取步骤，告诉伯爵：娜塔莎昨天发高烧，曾请医生来看过，今早似乎好一点儿了。

这天，娜塔莎整天竟未走出房门一步，她咬紧着嘴唇，不断地注视着外面马路上来往的行人。期待着阿那托尔能亲自来或托人带信给她。

延伸思考

【情景描写】通过描写娜塔莎一整天关注外面马路上行人的情景，流露出她对阿那托尔依然抱有幻想。

“娜塔莎，你怎么了？生病了吗？”伯爵走近她的身旁，关切地问。

娜塔莎沉默了一会儿，懒洋洋地回答道：

“是的，病了。”

名家点评

在德米特力叶芙娜夫人的安排下，阿那托尔阴谋没能得逞，但娜塔莎依然执迷不悟。

拓展训练

1. 德米特力叶芙娜夫人是如何知道娜塔莎要私奔的事？
2. 德米特力叶芙娜夫人听闻娜塔莎要私奔的事情后做何反应？
3. 伤心欲绝的娜塔莎对阿那托尔抱有何种想法？

理想主义者皮埃尔

名家导读

皮埃尔是一个接受过法国、德国民主思想影响的进步青年和富有的贵族后人，然而他却有着不幸的婚姻。

皮埃尔在那时的贵族社会里，是最有教养的少数自由主义者之一。

那是因为皮埃尔从小就到过无论在政治、经济方面都比俄罗斯进步的法国、德国留学，受这些国家教育熏陶的缘故。

皮埃尔自父亲去世后，继承了庞大的遗产，立刻用私人的财产在自己的田庄上办学校、设立医院，努力改善可怜的农奴们的生活。

> 延伸思考
> 【举例说明】通过列举皮埃尔的慈善之举，显示出法、德进步民主思想对他的影响。

“人是生而平等的”，这是他在外国所学的民主思想，他认为这是正确的。

皮埃尔是贵族社会的异端分子，贵族们都敬而远之，认为他是学外国时髦的怪物。

皮埃尔的思想是进步的，但他的生活并不理想。那是因为，他是个软弱的人。例如：皮埃尔虽然认为贵族享受特权是不应该的，但他还是被许多佣人包围着，住在父亲传给他的宏伟的祖宅里，过着奢侈的生活。

皮埃尔深深后悔自己跟爱伦的婚姻，因为爱伦的思想和他完全不合拍。

他对爱伦被称为社交界的女王，心里很不以为然，因为爱伦对于社会上许多穷苦的人，根本视若无睹，对他们一点儿同情心也没有。

爱伦是极无情、极虚荣的女人。

“她就是有血有肉的希腊女神……”

社交界的人们这样称赞爱伦的美丽一点儿也不过分。皮埃尔当初也是被她的美丽吸引住了，所以才跟她结婚的。

婚后，皮埃尔很快地察觉出：爱伦的品德方面大有问题，只是外表漂亮罢了。

爱伦是一个淫妇，她交上阿那托尔的下流朋友朵罗豪夫，起初皮埃尔并没有干涉他们，后来他们更放肆起来。为了这个缘故，皮埃尔曾经跟朵罗豪夫决斗过。

延伸思考

【举例说明】通过列举爱伦与朵罗豪夫的苟且之事，说明了爱伦放荡不羁的品格。

皮埃尔和爱伦表面上虽是夫妻，但他们两人的心像水和火一般地不相容，而各行其道。

且说皮埃尔自安德烈公爵到国外旅行、罗斯托夫伯爵一家人回乡下开始，他对于彼得堡的生活就感到厌烦起来。于是他跑到莫斯科来，一直住在这里。当罗斯托夫伯爵从乡下到莫斯科来的时候，皮埃尔恰巧到某一个小镇去看朋友。

那位朋友不是贵族，是一个受过教育的普通市民，他的思想跟皮埃尔一样进步。皮埃尔时常访问这样的朋友，甚至在他们家里住上几天，跟他们辩论民主思想等问题——这是他最感到痛快的事。

延伸思考

【介绍说明】通过介绍皮埃尔交好的志同道合、思想进步的平民朋友以及他们交往的情景，流露出皮埃尔与志同道合的人交往的“不亦乐乎”。

这些朋友不但真正尊敬皮埃尔，也依赖着他。因为皮埃尔对社会上的救济事业是不惜一掷千金的。

皮埃尔刚从为期两周的这种旅行回到莫斯科来，行装还没有脱掉，就接到德米特力叶芙娜夫人给他的信，要求他立刻到她家去一趟。德米特力叶芙娜夫人叫佣人送来的那封信，内容很简单，但清楚地写着：关于安德烈公爵的未婚妻娜塔莎的事情，要跟他谈一谈。

娜塔莎发生了什么事？——皮埃尔惊诧万分，急急忙忙到夫人家里去。

夫人到底有什么要紧的事？——皮埃尔在赶橇车的途中不断地沉思着，走到半途中听到一个很熟悉的声音：

“喂，妹夫皮埃尔！你板起面孔到哪里去？是不是刚回来就跟爱伦吵架了？”

喊他的是爱伦的哥哥阿那托尔。

阿那托尔跟往常一样，充满着自信。他看见皮埃尔愣愣地毫无所答，认为跟皮埃尔交谈也没有多大意思，就越过皮埃尔到别的地方去了。

延伸思考

【神态描写】通过描写阿那托尔充满自信的神态，看起来他并没有因为诱骗娜塔莎失败的事而受到打击。

“阿那托尔那个家伙，除了酒和女人以外，还能再想些什么呢？及时行乐，就是他的人生观。我如果能那样做，心里不知如何轻松呢。”皮埃尔目送着阿那托尔，心里这样想着。

名家点评

思想进步的皮埃尔刚从志同道合的平民好友家回来就收到了德米特力叶芙娜夫人的来信邀请，然后就马不停蹄地去赴约了。

拓展训练

1. 皮埃尔思想进步离不开他的什么经历？

2. 皮埃尔婚姻不幸的原因是什么？

3. 皮埃尔在前去德米特力叶芙娜夫人家的路上遇见了谁？

诱拐者的真相

名家导读

皮埃尔到达德米特力叶芙娜夫人家后了解了娜塔莎的情况，原来是让皮埃尔帮忙出主意，但是不知道能否取得效果？

皮埃尔到了德米特力叶芙娜夫人家，走进门以后，便一直被带到夫人的私人房间里去。

走过大厅的时候，皮埃尔看见娜塔莎像钉牢了一般地坐在窗前。

> 延伸思考
>
> 【比喻手法】通过比喻修辞手法的运用，显示出了娜塔莎失魂落魄、伤心但又抱有幻想的精神状态。

娜塔莎带着冷漠的、恶意的表情窥视了皮埃尔一会儿，突然站起来，不知走到哪里去了。

皮埃尔走进德米特力叶芙娜夫人的房间，急忙地问：

“怎么了？发生了什么事？”

“好事情。我活了五十八年，第一次碰到这样丢脸的事。”夫人先这样说着，叫皮埃尔发誓绝对不泄漏这桩秘密，然后将娜塔莎要跟人私奔和解除婚约等事，一五一十地告诉皮埃尔。

皮埃尔怀疑自己的耳朵，不敢相信这桩事是真的发生过。曾被安德烈公爵热恋的又纯洁又可爱的娜塔莎，怎么偏偏要跟那个有妻子的不三不四的男人——阿那托尔——私奔！这实在令人不可思议。

“可是，怎能跟他结婚呢？那个家伙曾秘密结过婚，已是一个有妻子的人……”皮埃尔禁不住插嘴道。

“差一点儿就糟透了，”夫人发呆地说，“真是乱七八糟的花花公子，跟狗没有什么分别的畜生！”夫人把话引到正题，“可是，现在娜塔莎还等待着那个男人。我立刻去告诉她，让她知道这个人的真相，她就会死掉这条心了。”夫人接着讲明她请皮埃尔来商量的事。

延伸思考

【语言描写】通过描写德米特力叶芙娜夫人听闻阿那托尔已婚消息后的语言，显示出她对阿那托尔的憎恶。

她说安德烈公爵不知何时回国，还有罗斯托夫伯爵如果知道了这桩事，一定会邀阿那托尔决斗的。夫人很怕发生这些事情，希望皮埃尔能说服阿那托尔赶快自动远离莫斯科，不要再出现在这些人的面前。

皮埃尔立刻答应了。

“伯爵一点儿也不知道，你得当心啊！”夫人再三嘱咐着，为了要告诉娜塔莎真相，她走出自己的房间。

皮埃尔走到客厅里去，在那里碰见罗斯托夫伯爵，伯爵显得十分不安，因为这天早晨，娜塔莎给他说明了她和安德烈公爵已经解除婚约的消息。

“亲爱的，我真没料到事情是如此的糟糕。”伯爵看见皮埃尔便滔滔不绝地诉苦着，“娜塔莎不跟任何人商谈，竟擅自拒绝那门亲事。说实在的，我对这门婚姻实在不曾感兴趣过，不过安德烈本人却是个好男子，但他违背父亲的意思总不是好事，何况娜塔莎不会没有人要的。但无论如何，她认真地等了那么久，结果连跟我们也没有商量一下，就做出这种断然的事！实在不妥当。她现在病了，到底发生了什么事，我一点儿也不清楚。没有母亲在身边的姑娘是多伤脑筋啊！”

皮埃尔不知道怎样安慰伯爵才好，一时讲不出话来。

正在这个时候，愁云满面的索妮亚走进客厅来，她向皮埃尔说：

延伸思考

【神态描写】通过描写索妮亚愁容满面的神态，流露出她发自内心地对娜塔莎的担心和焦虑。

“娜塔莎希望见你，德米特力叶芙娜夫人也在她房里，她请你进去一下。”

“你是安德烈公爵很要好的朋友。娜塔莎一定有什么

话要请你转达给他，请你不用管我，到她那里去见见她吧！”伯爵向皮埃尔说，搔着鬓发，走出客厅去。

娜塔莎的脸色苍白，她带着严厉的表情站在德米特力叶芙娜夫人的旁边，皮埃尔出现在门口的时候，她静静地凝视着他，急于想从他的表情知道皮埃尔对于她跟阿那托尔间的问题的看法。他是他们的友人呢？还是跟所有的人一般，是个敌人呢？娜塔莎只想知道这一点就行了。

延伸思考

【神态描写】通过描写娜塔莎的神态，流露出她内心的憔悴以及对他人干预她的爱情的抱怨。

“他知道一切，”夫人指着走进来的皮埃尔向娜塔莎说，“我讲的是真的还是假的，请他告诉你吧。”

“娜塔莎，”皮埃尔走近她身边，亲切地喊她。“阿那托尔结不结婚，对你爱他虽然是无关紧要的，但……”

“那么，”娜塔莎打断他的话，“他有妻子是假的吗？”娜塔莎好像得救一般，表情突然明朗起来，期待着皮埃尔的回答。

延伸思考

【神态描写】通过描写娜塔莎突然兴奋起来的表情，显示出她依然对阿那托尔抱有幻想。

皮埃尔怜悯地默视了娜塔莎一会儿，终于鼓起勇气，坚决地否认着：

“不，那是真的。”

“那么，他早就有妻子了吗？”

皮埃尔肯定地点点头。

“你敢发誓吗？”

“我敢发誓。”

“他还在这里吗？”

“我刚刚还见过他，他跟往常一样，充满着快乐……”娜塔莎听了，精疲力竭地当场昏了过去。

名家点评

皮埃尔的到来，向德米特力叶芙娜夫人和娜塔莎告知了阿那托尔已婚并且现在依然逍遥自在的消息，这让娜塔莎终于彻底失望了。

三个条件

名家导读

皮埃尔离开德米特力叶芙娜夫人家后开始寻找阿那托尔谈判，不知道他们的谈判结果如何？

皮埃尔从德米特力叶芙娜夫人家告辞后，立刻到阿那托尔可能去的地方去寻找他。

皮埃尔所到过的茶房或俱乐部各处，大家都正在那里谈论着娜塔莎被诱拐的事。皮埃尔听了感到内心很不舒服，但他表面上还是笑嘻嘻的，故意装作不在乎的样子。

延伸思考

【神态描写】通过描写皮埃尔故作轻松、满不在乎的神态，更加衬托出他内心的纠结。

可是，他要找的阿那托尔到底躲到哪里去了呢？他到处寻找总是找不着他。这也难怪，阿那托尔已折返朵罗豪夫的爱人——吉普赛姑娘的那个小房子里去了，在跟朵罗豪夫商量诱拐失败后的对策。

朵罗豪夫劝告阿那托尔别再呆在莫斯科，最好赶快逃到别的地方去。但阿那托尔还是想念着娜塔莎，舍不得远离她。

阿那托尔一心一意地筹划着，不管有什么困难，总要设法把娜塔莎拐出来。计划的结果，他认为还是利用爱伦最妥当。所以在傍晚的时候，阿那托尔大模大样地又出现在爱伦家的客厅里。

皮埃尔走遍了莫斯科也没有寻找到阿那托尔，当他失望地回到家的时候，却看见阿那托尔坐在爱伦身边。

客厅里满是客人，皮埃尔不理别人，只朝着阿那托尔那里走过去。

“呵，皮埃尔，你看看阿那托尔……”爱伦还说这种笑话，但她察觉到丈夫不寻常的、可怕的表情时，立刻住了口。

“爱伦，凡是有你在的地方，就会有堕落和罪恶，”皮埃尔向妻子说着，便抓住阿那托尔的手说，“喂，到那里去，我有话问你！”

延伸思考

【语言和动作描写】通过描写皮埃尔见到阿那托尔时愤愤的语言和强硬的动作，显示出他极度愤怒的心情。

皮埃尔将阿那托尔带到自己书房以后，从里面上了锁。

“你跟罗斯托夫伯爵的小姐谈好结婚的事，打算一起私奔是不是？”

阿那托尔却装作毫不惧怕的样子，冷冷地道：

“我对于这种口吻的质问，是没有义务回答的。”

皮埃尔听了，再三忍耐的怒火终于爆发出来。

皮埃尔脸部的表情因愤怒而改变了。他向阿那托尔扑过去，用他那双大手抓住阿那托尔军服的领子，用力摇晃着对方的身子。

延伸思考

【动作描写】通过描写皮埃尔看到阿那托尔依然不知悔改、我行我素的样子后的反应，显示出皮埃尔爆发式的愤怒状态。

“怎么了？生什么气呢？多傻呀！”阿那托尔装出温柔的声音断断续续地说着，暂时不抵抗地让皮埃尔摆布着。

阿那托尔是一个胆怯而狡猾的人，他知道自己此刻要抵抗的话，说不定会被皮埃尔杀死。

皮埃尔虽然是一个文静的男人，但却蛮有力气的。

“你真是个无赖，不是人！我，用这个把你……”皮埃尔将抓牢阿那托尔的右手放开，拿起桌上铁制的镇纸，在对方的头上摇晃了几下，但接着又把镇纸放在原位，改用起初那种客气的口吻郑重其事地问：

“你答应和她结婚吗？”

“不，不，我没有明确地表示过，因为……”

“好啦，好啦，你用不着违心地辩解。你有她的信，一定放在身边的，赶快把它交出来！”

阿那托尔从皮埃尔的表情和语气察觉到对方坚决的态

度，于是他想清楚了，乖乖地将放在里面口袋里的娜塔莎给他的信掏出来。

“信——这是一件事。”

“那么，第二件事是……”皮埃尔说到这里，大概是要整理一下思绪吧，他站起身来在书房里踱来踱去，然后继续讲下去，“好，第二件事要你履行的是：你明天一定要离开莫斯科。”

“你怎么要我……”

“还有第三件事是……”皮埃尔不理睬阿那托尔，只管说自己要说的话，“希望你不要把你跟她的事情讲给别人听。我当然知道，这是无法强制你这么做的，但你假使有一点儿良心……”皮埃尔瞪住阿那托尔，又说，“你该知道，如果你想玩女人的话，应该选择像我妻子——你妹妹那一类的女人，因为这种女人跟你一样堕落，倘若她们不肯上你的当，她们是有法子对付你的。可是你勾引一个不知世故的纯洁小姐，欺骗她，伪称要跟她结婚而诱拐她出走，这不是卑鄙的勾当是什么？”

> 延伸思考
>
> 【语言描写】通过对皮埃尔的语言描写，显示出皮埃尔对阿那托尔勾引良家妇女的苛责，也表达了对爱伦放荡人品的评价。

阿那托尔望着皮埃尔，看见他脸部的表情已不再愤怒了，而且变成好像在欣赏奇异动物一般的表情。

暴风雨过去了，大概没事了——阿那托尔可能这样想吧，他因为皮埃尔压制了怒火而胆大起来。

“你刚才骂我无赖、卑鄙这一类难堪的话，我是一个有荣誉感的人，不许任何人说这种话。”阿那托尔摆出威严，堂皇地说道。

> 延伸思考
>
> 【语言描写】阿那托尔察言观色后愤愤不平的语言，刻画出他一副不知羞耻、强词夺理的丑恶嘴脸。

皮埃尔料不到他会有这么一着，暗自吃了一惊，立刻反问：

“怎么！你要我怎样做呢？”

“你如果希望我接受你的意见，你起码得收回你刚才所说的那些话。”

“哈哈，你是说我骂你‘不是人’一类的话吧？好，我知道了。我可以收回，只要你高兴，我也会向你道歉的。同时，你如果需要的话，我这里有你的旅费……”皮埃尔苦笑着，拿出钱包来。

阿那托尔不管皮埃尔向自己道歉是不是真心，立刻感到心满意足，他的脸上甚至浮着得意的微笑。

第二天，阿那托尔果然听从皮埃尔的话，离开莫斯科，到彼得堡去了。

名家点评

皮埃尔找到了阿那托尔并进行了一番激烈的谈判，结局还算令人满意，阿那托尔离开了莫斯科。

拓展训练

1. 皮埃尔在哪里见到了阿那托尔？

2. 皮埃尔给阿那托尔开出的三个条件是什么？

3. 阿那托尔是否履行了承诺？

安德烈回国

名家导读

了解到阿那托尔真实面目后的娜塔莎选择了自杀但未遂；安德烈公爵终于回国了，不知道他将做何反应？

皮埃尔到德米特力叶芙娜夫人家里去，打算把阿那托尔已离开莫斯科的消息告诉她的时候，她们家里正在惊惶骚乱中。

娜塔莎看到皮埃尔的那天晚上，不知从哪里弄到毒药，企图自杀。幸而索妮亚发现得早，及时营救，现在已经脱险了，但是她的身体还是虚弱得很。他们要回乡下去，暂时看来是不可能的事。

因此，皮埃尔仅能见到心乱的罗斯托夫伯爵和哭肿了眼睛的索妮亚，而没能看到娜塔莎。

皮埃尔和德米特力叶芙娜夫人为了顾全面子，虽然极力打算保守秘密，但家运不幸，祸事叠起，最近又加上了娜塔莎的自杀未遂，真是一波未平一波又起。罗斯托夫伯爵家这些惊人新闻，再也无法掩盖社会人士的耳目了。

延伸思考

【交代说明】通过交代罗斯托夫伯爵一家接二连三的风波，显示出伯爵一家"纸包不住火"、家丑外扬的尴尬处境。

皮埃尔觉得已无法掩饰一切了，有人问他时，他不得不含糊地承认阿那托尔曾向娜塔莎求过婚。不过，他改编事实，而且说得合情合理。他说阿那托尔的求婚，被娜塔莎无情地拒绝以后，感到没有面子，所以急急地离开莫斯

科远去。

皮埃尔正在不安地等待着安德烈公爵的回国。

另一方面，老公爵想方设法探听社交界对于这个事件的批评。娜塔莎给玛丽亚的解除婚约的通知，他已看过了。

老公爵觉得自己有先见之明，听了这些新闻之后，脸上浮着得意的微笑，不耐烦地等着儿子安德烈公爵的归来。

那个日子终于到了。

安德烈公爵看完了娜塔莎的解除婚约的通知，便忍气吞声地听父亲讲述娜塔莎被诱拐的经过。老公爵加油添醋地诽谤着娜塔莎，以使安德烈公爵对她断念。

皮埃尔每天都派人到德米特力叶芙娜夫人家和老公爵家去打听消息。当他知道安德烈公爵回来的第二天早晨，便去看他。

皮埃尔觉得这位好朋友太可怜了。他知道老公爵是个顽固而残酷的人，安德烈公爵一定会听到老人得意地道出娜塔莎的罪状了。

可是，事出意料之外，迎接他的安德烈公爵倒很镇静。

“哦，你还是那么胖。我虽然没有你那么强壮，却也健康多了，你认为怎么样？”安德烈公爵笑着道。

不错，安德烈公爵已经康复了，但他说这些话时浮在脸上的那种凄凉的微笑，是他从来不曾有过的表情——皮埃尔立即感受到这一点。安德烈公爵的微笑仿佛向皮埃尔诉说着：

“我不论如何健康，现在对于别人也是无用的。”

安德烈公爵把皮埃尔带到零乱——行李横七竖八放着的房间里去，从皮箱里拿出一包用纸包着的东西来。他一边把它拿在手里，一边这样说：

“皮埃尔，你已经知道我很明显地被拒绝了。听人家说你的小舅子向她求婚，这是真的吗？”

“说真又不真！”

“好吧，这件事将来再说吧！”安德烈公爵打断皮埃

延伸思考

【神态描写】通过描写老公爵听闻娜塔莎丑闻后得意的神态，流露出他如愿以偿的心情。

延伸思考

【语言描写】安德烈公爵对皮埃尔问候的回话，流露出他伤心绝望后失落的心境。

延伸思考

【对话描写】通过描写安德烈公爵与皮埃尔之间关于阿那托尔现在何处的对话，显示出安德烈公爵想要找阿那托尔决斗的愤怒。

尔的话，“这里有她的信和画像。”于是，安德烈公爵将纸包交给皮埃尔，“麻烦你，把这些还给伯爵小姐好吗？”

“还东西是很简单的事，但她现在病得很重……”

“那么，她是还在莫斯科喽？”安德烈公爵接着又问，“阿那托尔呢？他现在在哪里？”

“他早就到彼得……不，不知道到哪里去了。”皮埃尔回答着，劝告安德烈公爵道，“你要想还给她这些东西，是不是亲自去交给她比较好些？娜塔莎差一点儿就死了。”

“我同情她生病，但无论发生什么事，我无意再看到拒绝跟我结婚的女人。”安德烈公爵说出令人心碎的话来。

安德烈公爵和娜塔莎之间已经完了，怎样努力都无法挽救了——皮埃尔这样感觉着。

名家点评

娜塔莎选择自杀未遂，安德烈公爵听闻娜塔莎丑闻和拒婚消息后意志消沉，伤心绝望，两人关系结束了。

拓展训练

1. 得知阿那托尔真实面目的娜塔莎做出了什么傻事？

2. 安德烈公爵听闻娜塔莎丑闻后做何反应？

3. 安德烈公爵和娜塔莎最后结局如何？

悔悟与死心

名家导读

皮埃尔执行安德烈公爵的嘱托为娜塔莎送去东西，他们之间进行了一场谈话。

当天晚上，皮埃尔为了执行使命，到德米特力叶芙娜夫人家里去拜访。

娜塔莎还在病中，伯爵到英吉利俱乐部散心解闷去了，皮埃尔只好将安德烈公爵托他送还的信和画像交给索妮亚，然后应邀到德米特力叶芙娜夫人的房间去。

夫人很想知道安德烈公爵的状况，打算从皮埃尔的嘴里获得一些消息。十多分钟后，索妮亚到她的房间来，向皮埃尔说：

"娜塔莎说一定要见见皮埃尔先生……""咦！那怎么行呢？"夫人惊诧万分地问，"要到她屋里去吗？她的房间还没有收拾，现在不是零乱得不堪入目吗？"

"不，娜塔莎已经穿好了衣服，在客厅里等着哩！"索妮亚说。

夫人听了，只耸耸肩膀。

"你去看她是不要紧的，但有些事还是保留些，别说得太明显……"夫人嘱咐皮埃尔说，"最近，我不忍心再责备她，反而觉得她很可怜，很可怜……"

娜塔莎消瘦得很厉害，当皮埃尔出现在客厅门口的时

延伸思考

【语言描写】夫人对皮埃尔的嘱咐语言描写，表达了她对受到感情伤害的娜塔莎的关心怜悯之情。

候，她在那里显出着犹豫不决的样子，不知是自己走过去接他呢，还是等他进来呢？

延伸思考

【神态描写】通过描写娜塔莎约见皮埃尔时的神态，刻画出一副失魂落魄的憔悴状态。

皮埃尔不由得真走近她的身边去。

可是，娜塔莎不像往常那样向他伸手。她僵直地站着，呼吸困难，两手无力地下垂着，她，那样子真像是要表演唱歌而走出大厅时的姿势，只是表情完全相反罢了。

“皮埃尔先生，他去年要出去旅行的时候曾吩咐我：他不在时发生任何事情都要跟你商量。我有一件事情想拜托你，请你代我向他说：请他饶恕我，我衷心地向他道歉……”娜塔莎说到这里，呼吸更急促起来，但她忍住了眼泪，没有哭出来。

“好的，我明天就向他说，不过……”皮埃尔不知如何往下说好。

延伸思考

【语言描写】通过描写娜塔莎哭诉的语言，流露出她发自内心的苦恼与深深的忏悔。

娜塔莎立即察觉出皮埃尔迅速住口的原因，吃惊地说：

“不，我知道一切都完了。我并不是向他道歉，想请他饶恕我的罪愆或对他有什么期望。我只是觉得自己太对不起他了，为了这个，我每天烦闷着，连夜里也睡不着觉。我求你，只告诉他：请他饶恕我，饶恕我的一切……”娜塔莎浑身发抖，禁不住坐在地上。

皮埃尔看了，怜悯的心情油然而生。

娜塔莎把所要讲的都讲完了，现在只是簌簌地流着眼泪。皮埃尔同情之余，也忍不住流出眼泪来。

为了这个可怜的娜塔莎尽自己最大的能力帮助她，皮埃尔认为这是自己应尽的义务。于是他扶着娜塔莎的手，帮她坐在椅子上，然后用充满热诚的声音说：

“娜塔莎，我想向你请求一件事。你也许知道，我是一个不大中用的男人，但只要你不嫌弃我，在需要我的时候，比方要我帮忙或要和我商量一些什么事情，请你不要客气地吩咐我吧……”

“谢谢你，你的好意我是感激不尽的，但我是个不好的女子，不配……”

“娜塔莎，你千万不要说这种话，人非圣贤，孰能无过，只要知道回头就很好了。现在你还很年轻，你的生活、你的人生不是刚从现在开始吗？真正的生活，才开始呢！”

“不，不，已经完了，我看透了！”娜塔莎并不掩饰她的羞耻和自卑的心情。

怜悯与爱慕充满了皮埃尔的心坎。

> **延伸思考**
>
> 【交代说明】通过交代说明此时此刻皮埃尔内心的真实想法，为故事情节的发展奠定了基础。

“看透？这是什么话！娜塔莎，你那样悔悟自己的过失，这一点你比我聪明，你是一位高贵的人，请你鼓起勇气面对现实，不要再鄙视自己啦！”

娜塔莎从那件事情发生以来，第一次听到真正宽恕自己、鼓励自己的话，她的心从绝望和悲伤的深渊里渐渐感受到了希望。

名家点评

皮埃尔执行好友的嘱托前去送东西给娜塔莎，在与娜塔莎的约见中安抚了娜塔莎忏悔的心。

拓展训练

1. 皮埃尔送东西时发现娜塔莎父亲去哪儿了？
2. 皮埃尔是否把东西直接送给了娜塔莎？
3. 娜塔莎约见皮埃尔所为何事？

法军侵俄

名家导读

法国与俄国开战了，安德烈公爵请命上前线，固执的老公爵拒绝搬离处于战火危险地区的家乡，不知道是否会遭遇不幸？

罗斯托夫伯爵因娜塔莎发生意外，暂时无法回到家乡去。只好接出留在乡下的伯爵夫人，一起搬进打算出售的祖宅去住，等待娜塔莎身体的康复。

1812年6月，拿破仑军单方面地破坏了停战条约，侵入俄罗斯国土，以破竹之势逼近莫斯科。

安德烈公爵主动要求上前线，担任步兵联队长。

老公爵和玛丽亚在莫斯科迎接安德烈公爵回国不久，父女俩便重新回到乡下去。

可是，老公爵住宅的附近一带，恰巧是法军进攻莫斯科必经之路，那里在7月底就被列为危险区域，政府命令百姓要从这些危险地方撤出。可是，老公爵绝不肯离家出走。

“我要跟军队死守在这里，我情愿做敌军的俘虏或者战死！”

延伸思考

【语言描写】对老公爵慷慨激昂的语言描写，显示出他热爱祖国、人老心未老的热情。

老公爵这样说着，任你怎样劝告他，他都不肯疏散到别的地方去。

不但这样，他还派管家到被法军炮轰的邻镇去，买些不重要的东西。退却中的俄军军队已在借用他家院子露营，他却还要跟他的建筑师商谈建筑房子的问题。

延伸思考

【举例说明】通过列举事例，表现出了老公爵面对即将来临的战火毫不畏惧、坦然处之的勇敢心态。

总而言之，老公爵并不感觉敌军已迫在眉睫或形势有多么的紧张，因为老公爵现在已不再是个精力旺盛的人了。他在吃饭时打瞌睡，那是常有的事。

到了8月，时局紧张得连一刻钟也不能再耽搁下去了。安德烈公爵寄信回来，告诉他们疏散的地方和疏散的步骤。

起初，先疏散安德烈公爵的儿子，由家庭教师陪伴着，向安全地带出发。

老公爵也曾吩咐玛丽亚同走，但她看见父亲要留在这里，为了不离开父亲的身边，第一次违背了父亲的吩咐。

小公爵出发的第二天早晨，老公爵突然召集所有的农奴和佣人到花园里来。老公爵穿着旧式陆军上将的全套制服，胸上挂满了勋章。

老公爵检阅武装的农奴和佣人们，声称他将率领他们去见俄罗斯军总司令库图佐夫上将。

可是，谁都不知道那位总司令在哪里。

不过，大家还是遵照他的吩咐，将老公爵专用的马车准备好了。

玛丽亚躲在台阶上的一边，她提心吊胆地注视着老公爵的行动。心想就是挨骂也好，非要跟他同去不可——她虽然这样想，一时还拿不定主意。

老公爵被男仆扶持着，满面严肃，打算向马车的踏板跨过去。

正在这个时候，他的身体突然颤抖起来，变得软弱不堪，并从男仆的手里滑下来，无力地蹲在地上。

延伸思考

【情景描写】通过描写老公爵戎装出行时突发意外的情景，预示着老公爵生命垂危了。

这是脑出血的突然发作。三天后，老公爵在玛丽亚的看护下，去世了。

名家点评

法俄战火再起，安德烈公爵上了前线，而老公爵选择留在处于战火边缘的家乡保家卫国，结果不幸突发疾病死亡。

拓展训练

1. 面对法俄战火再起，安德烈公爵做出了什么决定？

2. 固执的老公爵面对战火威胁做出了什么决定？

3. 固执而勇敢的老公爵遭遇什么意外？

玛丽亚在危难中

名家导读

在军队服役的尼古拉带领着部队经过老公爵的家乡，偶遇了经历困境的玛丽亚，他们之间会发生什么事情呢？

战争的再度发生，对尼古拉的命运有莫大的影响。

因为这使尼古拉推迟了跟索妮亚的婚期。

现在，尼古拉是部下最信赖、最敬爱的一位勇敢的骑兵队中队长。

8 月里的一天，尼古拉队里的人马都汗流浃背地往莫斯科的大路退却，他们奉命到附近的乡村征收草禾。途中，尼古拉命令士兵们休息，自己带着一个见习军官先到村中打听是否有干草。

尼古拉跟见习军官并辔向前走着，在快走进村舍的路上遇见了一个长得很端庄的老人。老人站在他们的面前，狼狈不堪地央求道：

“队长大人，请你做做好事，救救我们那可怜的女主人……”

尼古拉停下来询问老人。老人说他们的女主人最近死了父亲，境遇已经够可怜的了，田庄上的农奴们见她软弱可欺，就将她逃难的马和车藏起来，无论怎么央求，他们都不管。

延伸思考

【解释说明】通过解释说明老人家请求尼古拉帮忙的缘由，引出了下文尼古拉与玛丽亚的相遇。

尼古拉听了，心里觉得很同情。

“这群造反的东西，他们在哪里？”

“大人，他们在谷仓的前面，不知在开什么会哩！”

“好！”

尼古拉点点头，立刻策马加鞭地飞驰过去。

农奴们聚集在谷仓前，是因为玛丽亚曾表示过：大家高兴要多少粮食，就拿多少去。于是，他们像疯子一样地在抢粮食。

玛丽亚之所以这样做，为的是要农奴们比较听话些，以协助自己逃难顺利，不再受到阻碍。

尼古拉骑着马，奔进骚动的人群里东驱西逐。他做梦也没有想到这里就是老公爵的田庄。

尼古拉看见一个像首领样子的农奴，他就提起鞭子从马上朝着那人的头部猛抽了几下，那人立刻倒卧在地上。尼古拉用雷响一般——在军队锻炼的喊号令的声音命令着：

“把那家伙捆起来！”

农奴们看到突然从天外飞来的骑兵队长，吓得目瞪口呆，立时停止了抢劫的行动。

一个年老的农奴拿下自己的裤带，遵照尼古拉的命令，捆缚着他们的同伴。

被捆缚的那人一点儿也不敢反抗，乖乖地被人摆布着。

“这个非常时期，无理反抗庄主的人，依照军律枪毙无赦！怎么样，你们是不是肯为主人准备马车？以后你们如果肯好好听话，这一次就特别饶你们的命！”农奴们个个都向他磕头，异口同声道：

“请你饶我们一条命吧，以后我们不敢了！”

刚才那老管家受了女主人的吩咐，跑来请尼古拉去当面受谢。尼古拉再三拒绝，但老管家不肯答应，他非要请尼古拉去见他们的女主人一面不可。

老管家再三央求并且表示：如果让他这大恩人就这样走了，自己一定会受女主人的责备。于是，尼古拉只好答

延伸思考

【情景描写】通过描写尼古拉鞭打农奴的情景，显示出尼古拉对农奴们趁战乱造反行为的恼怒。

延伸思考

【语言描写】尼古拉对农奴们所说的话，显示出尼古拉有勇有谋，不愧为优秀军官身份。

应了。

就这样，尼古拉跟玛丽亚第一次见面。

尼古拉是为玛丽亚朴素的内在美动心的第一个男子。玛丽亚也被这个仪表英俊、风度高雅的青年军官迷住了。

见面后两人互相道出身份来，彼此都为这一次奇遇感到惊讶万分。如果娜塔莎嫁给安德烈的话，尼古拉和玛丽亚几乎成为姻亲呢！这次他们并没有多谈话，仅仅说些应酬的客气话就分开了。

延伸思考

【交代说明】尼古拉和玛丽亚的第一次见面，彼此留下了美好的印象。

名家点评

战事中执行军务的尼古拉带领队伍经过了玛丽亚的家乡，恰逢玛丽亚遭遇农奴造反，尼古拉的解围让两人得以见面并产生了好感。

拓展训练

1. 尼古拉因为何事经过老公爵的田庄？

2. 途中一位老人拦路所为何事？

3. 尼古拉和玛丽亚对彼此的印象如何？

紧急的局势

名家导读

经历感情挫折的娜塔莎的病情几经波折后终于痊愈了。皮埃尔经常去罗斯托夫伯爵家拜访，他与娜塔莎之间正在发生着什么微妙的变化。

罗斯托夫伯爵一家人搬回祖宅以后，娜塔莎的病忽好忽坏。

几位名医都请来看过了，用那时最新的疗法给她诊治，购买国外的最名贵的药让她服用。

罗斯托夫伯爵夫妇为了女儿，是不吝惜金钱的。他们甚至悄悄地变卖祖宗传下来的所谓“传家之宝”，来为女儿治病。

> **延伸思考**
>
> 【举例说明】通过列举伯爵夫妇不惜卖掉传家之宝为女儿治病的行为，表明了伯爵夫妇对女儿真挚的疼爱。

索妮亚废寝忘食地看护着娜塔莎。

可是，战争越来越激烈，当法军逼近到莫斯科的时候，幸而娜塔莎的身体也已经完全康复了。

8月的一天，罗斯托夫伯爵接到尼古拉从前线寄来的信。

在那封信里，尼古拉写道：他最近接受政府颁授给他的格荷尔义伊十字勋章，他还在一个偶然的机遇中，解了安德烈公爵的妹妹玛丽亚的危难。这可以说是这是娜塔莎生病以来，第一件使大家高兴的事。

全家中，最高兴的当然是伯爵夫人。

夫人不管索妮亚是不是在她身边听着，兴高采烈地道：

“这一定是上帝的安排，否则尼古拉怎么会去帮玛丽亚小姐的忙呢！尼古拉如果能娶这样有钱的公爵小姐，不知有多好哩！”

延伸思考

【情景描写】通过描写皮埃尔去伯爵家拜访受到热情招待，尤其是娜塔莎异常快活的情景，显示出娜塔莎对皮埃尔的好感。

皮埃尔常常到他们家里来玩。伯爵夫妇只要皮埃尔一来，就留他跟他们一同吃晚饭，皮埃尔在他们家里的时候，娜塔莎就会显得很快活。

当战争再度发生的时候，皮埃尔将自己田庄的一部分卖掉，把钱捐献给国家。这一大笔钱足以装备一个联队，政府为了褒奖和纪念他的爱国精神，把用他的钱去扩充的联队取名为“皮埃尔联队”，皇帝还发给他感谢状。

皮埃尔却不想入军籍，拿起武器去参加防卫战。

延伸思考

【心理描写】通过描写皮埃尔对人类为何要发动战争的困惑心理，恰恰也是作者对战争的反思。

无论是俄罗斯人，或是法国人，从任何角度看起来，都是一样的，何况大家从小就受教育，应该遵守耶稣基督的戒律：“勿杀人。”可是，人类为什么要借战争而互相杀戮呢？皮埃尔实在无法理解这种矛盾。

大多数的贵族都投身军旅，住在莫斯科的男人也不断被军队征召去了。

“要死守莫斯科……”皇帝的命令贴出布告那天，皮埃尔抄了布告，到罗斯托夫伯爵家来拜访。伯爵夫妇、娜塔莎、索妮亚，还有伯爵十六岁的小儿子彼恰和皮埃尔他们都集中在客厅里。由于伯爵的要求，索妮亚将皇家的布告全文再念一遍，大家肃然起敬地倾听着索妮亚的朗诵。

彼恰像过去的尼古拉那样，说他要志愿从军去。

伯爵夫妇听了，立刻异口同声地反对道：

“说什么话！像你这样乳臭未干的孩子，还想当什么兵？”

他们不允许他从军。彼恰将他志愿从军的朋友一个个举出名字来，起劲地恳求他的父母。彼恰还央求皮埃尔，请他也帮自己向父母讲话。

伯爵夫妇也被儿子的热诚感动了，终于允许他去从军。

那天晚上，皮埃尔辞别大家，娜塔莎送他到台阶上。

“你明天是不是还来我家？”她问。

皮埃尔默默听着，然后把视线移到地上，喃喃地回答道：

“我不知道，我觉得暂时不要到府上来拜访比较好……”

“为什么？”娜塔莎惊诧地问，“你为什么说这种话？”

“因为我爱着你！”皮埃尔很想这么说，但终于没有说出来。

娜塔莎的脸上浮着寂寞的表情，用似乎已经了解的口吻说：

“那么，你也要去参加战争，是吗？”

“是的。但还没有十分确定。也许会去参加战争。但最低限度也要亲自去看一看，看战争到底是怎么一回事？”皮埃尔沉重地回答道。

延伸思考

【对话描写】通过描写皮埃尔与娜塔莎之间的对话，流露出他们彼此之间的爱恋，一种欲说还休的情感让读者为他俩着急。

名家点评

病后痊愈的娜塔莎与经常去她家做客的皮埃尔彼此产生了爱恋，但是他们却没能表白。

拓展训练

1. 尼古拉的来信提到了什么事情？

2. 皮埃尔经常拜访伯爵家的一个重要原因是什么？

3. 皮埃尔最后是否向娜塔莎表白了心意？

意外的见面

名家导读

皮埃尔申请了参观前线大会战，在前线阵地上他遇见一位故人，会是谁呢？

皮埃尔想参观博罗季诺大会战的申请书，立刻得到核准。

8月24日，皮埃尔到达博罗季诺战线以后，由参谋总部副官引领着，跟别的观战者一同巡视最前线的俄罗斯军的阵地。

皮埃尔不是军人，他不懂得如何运用这些阵地或这些阵地有多大军事价值，他知道俄、法两国大军将在这里一决雌雄，展开敌我生死不共的流血大战。

俄军的士气旺盛，连最下面的士兵都斗志高昂，发誓不再从这个战线后退一步。

延伸思考

【举例说明】通过举例最底下士兵都斗志昂扬来说明俄军旺盛的士气，这与下文中俄军遭受炮轰形成了鲜明反差。

8月25日的傍晚，皮埃尔仓房里和任步兵联队长的安德烈公爵偶然见面了。

安德烈公爵显得很忙碌的样子，皮埃尔虽然很想念他，但两人并没有好好谈话的时间。

关于娜塔莎的事，安德烈公爵一直绝口不提，皮埃尔也不好意思讲出来。

皮埃尔从此再也无法见到安德烈公爵了，他也没料到这一次的见面竟成永别。

当时飞机和装甲车还没有问世，主要的战争武器是大炮，决定胜败的关键也在于炮兵射击的技术是否精炼。而那时法军的炮兵，曾以射击准确闻名于欧洲。

延伸思考

【介绍说明】通过介绍当时战场上主要的武器装备水平，为下文中俄军遭受法军炮轰埋下了伏笔。

26日的黎明，双方的炮兵同时开火轰击了。

安德烈公爵的联队时刻都在等待命令，他们在连一颗子弹都未发射时，就受到法军的炮轰，立刻损失了三分之一的兵士。

到了下午一点钟的时候，才接到向前面麦田前进的命令，但当他们要跟敌军的步兵交锋时，又挨到炮轰，受到很大的伤亡。

“卧倒！”

安德烈公爵正在叫的时候，爆炸声响了。当炮弹的烟雾退去时，部下的军官才发现他们的联队长已倒在地上，从右边的腹部喷出鲜血来。

士兵们马上用担架将安德烈公爵抬起来，送到后方设在白桦树林间的帐篷里去。

有一个满手都是血迹的医官，指示将安德烈公爵放在临时做的手术台上，他并未打算马上替伤者动手术，却用满是血迹的手夹了一枝雪茄烟，他显然想休息一会儿。

当卫生兵正脱下安德烈公爵被血浆浸湿的衣服时，安德烈公爵因剧烈的疼痛从昏迷中清醒过来。

隔壁的手术台上，有一个军官正要被切断一只脚，那个军官像小孩子那样哭叫着，显出很可怜的样子。

延伸思考

【情景描写】通过描写战地后方医院抢救伤员的情景，衬托出战事的惨烈。

公爵无意中看了他一眼，觉得那个军官很眼熟，只是一时想不出对方是谁。

想了半晌，安德烈公爵终于想出来了！那军官不是别人，正是他的情敌阿那托尔！

为了那件事，安德烈公爵曾暗自发誓：只要见到阿那托尔，一定要立刻邀他来决斗，以雪平生的仇恨！

想不到他们竟在前线临时医院的手术台上相见，两人都是身受重伤，而本身已成不能自主的人了！难道这是老

天开的玩笑吗？

“罢了，罢了，这也许是上帝的旨意……”安德烈公爵这样告诉自己，再度昏迷过去。

名家点评

皮埃尔申请了参观会战，在前线他遇见了安德烈公爵。安德烈公爵在战争中遭受重伤，送往后方抢救时遇见了同样受伤惨重的阿那托尔。

拓展训练

1. 皮埃尔在前线参观时遇见了谁？

2. 安德烈公爵在战场上遭遇了什么险情？

3. 在后方医院疗伤时，安德烈公爵遇见了谁？

四轮马车上的人

名家导读

罗斯托夫伯爵一家忙着逃离莫斯科，在家门口他们遇到了前线撤回来的伤兵队伍，这里面就有伤势严重的安德烈公爵。

过了8月20日——博罗季诺会战逼近的时候，罗斯托夫伯爵家所认识的亲朋们，留在莫斯科的差不多没有了。

伯爵一家人心里当然也急着想逃难，只是最小的儿子彼恰出去办理志愿从军的手续，到这个时候还没有回来，而伯爵夫人又舍不得离开彼恰，无论如何总是不肯出发。

还好，到28日那天，彼恰终于回来了。

彼恰虽然是志愿从军的，但因为伯爵想办法活动，派他到安全的后方——他们一家人要疏散的地方服役，因此伯爵夫妇才较为安心。

8月28日起到31日的那几天，莫斯科混乱到了极点。

法军在博罗季诺会战时遭到俄罗斯军猛烈地抵抗，元气虽然颇受损伤，但还是不断地追击着，不让俄军有喘息整顿军队的机会，于是俄军不得不放弃莫斯科。

延伸思考

【交代说明】通过交代前线的敌我战况，突显出莫斯科岌岌可危的局面，这也正是众人逃离莫斯科的原因所在。

伯爵夫人表面上虽然在指挥和监督佣人们收拾包括行李及家具，而实际上却是在留意着彼恰的行踪。

彼恰的影子稍微离开点儿，伯爵夫人立刻就着急起来。

娜塔莎跟佣人们在一起包扎行李时，看到她初次参加大舞会时穿的晚礼服，马上陷入沉思中，再也整理不下去了。

一家人当中，实际能帮忙的只有索妮亚一个人。

索妮亚自看到尼古拉救助玛丽亚的那封信以后，便变成忧郁寡欢的人，跟往常完全变了样，懒得跟任何人说话。

延伸思考

【神态描写】通过描写索妮亚看到尼古拉救助玛丽亚的书信后郁郁寡欢的精神状态，流露出她内心担心尼古拉会移情别恋。

8 月 31 日——罗斯托夫伯爵准备就绪，打算离开莫斯科的前夕。娜塔莎发觉：她们家前面的马路上，停了一长列载着伤兵的载货马车，佣人们同情地围看着他们。

管家的老太婆走近一辆有席篷的马车，和一个躺在车上、面色苍白的军官谈话。

“那么，你在莫斯科连一个认识的人都没有吗？”老太婆问。

负伤军官微微地点点头。

老太婆继续讲下去：“你们如果住在房子里面会比较舒服一点……怎么样，住在我们那里好吗？我们的主人就要走了。”

“啊，不晓得上面允不允许……”那军官一边说，一边指了顺着马车朝这边走来的肥胖少校，“他就是我们的队长，麻烦你问他一声好吗？”

娜塔莎不能袖手旁观了，她飞也似的跳出去，向那位被称为队长的央告：她愿意收容这些伤兵到自己家里……

于是，好几辆马车被引进罗斯托夫家的院子里来，伤兵便在房子里面的这里或那里躺着，挤满了全屋子。

延伸思考

【情景描写】通过描写罗斯托夫伯爵院子里伤兵满院的情景，衬托出前线战事的惨烈。

这一夜，伯爵一家人挤在一个小房间里，挨过了在莫斯科的最后一个晚上。

半夜里，有一辆车篷下垂、周围蒙了帷布的四轮马车，静静地驶近罗斯托夫家。

那辆马车的驾驶台上，有一个老侍仆跟车夫并坐着，老侍仆的头垂得低低的，似乎在打瞌睡的样子。

从这辆马车看起来，可以知道里面的人身份很高，他不断地呻吟着。

这时，正在巡视房子内外的老女管家看见了，劝告马车上的人：不要客气，请进屋子里来。

“好吧！”老侍仆说，“我们在莫斯科虽然也有自己的房子，但路还相当远，而且这个时候说不定已没有人住在那里了。”他一边叹息着，一边从驾驶台上跨下来。“我去问问医生，看看他怎么说？”

老侍仆走到四轮马车后面的载货马车那里去。那里乘着一个医官和两个卫生兵，他们是为了随时照料四轮马车上的负伤者而来的。

延伸思考

【交代说明】通过交代载货马车上医官和卫生兵来此的职责，显示出四轮马车上负伤者地位和军职的重要性以及伤势的严重性。

四轮马车上的人伤势很严重，身体不能随便移动，于是，他们只得把他送到离住宅稍远的另一栋房屋里去。那里不必上楼梯，立刻就可以从马车上把负伤者抬进厢房里。

这个负伤者是谁？他不是别人，就是安德烈公爵。

名家点评

罗斯托夫伯爵一家在即将离开莫斯科之际，遇到了前线撤离下来的伤兵队伍，这其中就有伤势严重的安德烈公爵。

拓展训练

1. 罗斯托夫伯爵参军的儿子被安排从事何种军务？
2. 索妮亚收拾行李时为何郁郁寡欢？
3. 四轮马车上的负伤者是谁？

逃出莫斯科

名家导读

罗斯托夫伯爵一家装载好数十辆马车准备出发，但是在出发前，伯爵与夫人之间发生了争吵，是为何事呢？

罗斯托夫伯爵全家要离开莫斯科的早晨来临了。

罗斯托夫伯爵家的家具分载在三十辆马车里，每一辆都装得满满的。

“你们准备好了吧？等夫人醒来，我们就要出发了。”

伯爵一边吩咐佣人，一边走出台阶。他打算到外面去看一看马车是不是已经准备好了。

看见伯爵出现了，一个军官畏怯地走过去。这位军官的一只手缚着绷带，裤子上有染红的血迹。

延伸思考

【外貌描写】通过描写受伤军官受伤的手以及血迹斑斑的衣着，深深触动了伯爵的同情心，这也为他慷慨地答应军官的请求做了铺垫。

“伯爵，我实在不好意思做这种请求，但事出不得已，”那受伤的军官恳求道，“是不是允许我搭府上的马车？当然，能搭上载货马车就感激不尽了……”那位军官说完了话，用哀求的眼光凝视着伯爵。

素称好好先生的伯爵立刻答应道：

“行，行，搭上你一个人没有什么问题！”

不料善门难开，伯爵答应这个军官之后，徒步到这里来的伤兵们看到伯爵答应了那个军官，也就纷纷哀求伯爵让他们也搭上他的马车。

伯爵无法拒绝他们的请求，只好命令佣人们：把原来装好的东西拿下来，腾出三辆空的马车做搬运伤兵之用。

延伸思考

【语言描写】通过描写伯爵夫人的语言，显示出伯爵夫人对伯爵"爱心泛滥"、毫无原则的行为的埋怨与斥责。

伯爵夫人听到这个消息，心里很不高兴。

"你要做好人，也应该有个限度。已经装上去的东西，你怎么又叫佣人把它拿下来？这样下去，所有的载货马车不是都变成载伤兵的了吗？"夫人责备伯爵道，"你且听我说吧，你把家政搅得一塌糊涂，现在连孩子们的这一点儿财产也想弄掉吗？你自己不是也常常说：我们这些家具可能有十万卢布的价值吗？所以，你才花了那么多的心思，去弄来这些载货马车是不是？载运伤兵是政府的事，我们哪里有做这种事的必要……"

夫人滔滔不绝地责备伯爵，要他叫伤兵下来，再把家具装上去。

伯爵困惑着，不知怎么做才好。他也不回答夫人什么话，只是不断地在房间里走来走去。

正在这个时候，娜塔莎跑进他们的房间来。她听佣人们说：父母为了马车载运伤兵的事情，正闹着意见。

娜塔莎很明显地站在罗斯托夫伯爵这一边。她默默地牵着夫人的手，把母亲带到可看见中间院子的窗前，热情地道：

"妈妈，亲爱的妈妈，您看到那边了吗？伤兵越来越多，他们都是为了保卫我们，不惜生命去打仗的，不是吗？亲爱的妈妈，请别再犹豫下去了。我很了解妈妈的苦心，不过，我们不能丢掉他们，我们不能忍下心这么做……"

延伸思考

【语言描写】此处对伯爵夫人语言的描写，与前文中她埋怨伯爵形成反差，显示出伯爵夫人通情达理、顾全大局、舍小家顾大家的爱国觉悟。

伯爵夫人听了娜塔莎说的这一番很合情理的话，非常受感动，甚至她的眼睛里也渐渐盈着泪珠了。

"好的，我已经明白了。你们觉得该怎么做就怎么做吧！"夫人柔顺地说着，还向伯爵补充道，"亲爱的，我记得有一辆马车全部载着我的衣服，请你吩咐佣人们：把这一辆车里所有的衣服都拿下来吧。"

于是，伯爵一家人都争着要牺牲自己的东西，好多空出一点儿地方来收容几个伤兵上去。

借宿在邻近房子的伤兵们听到这个消息，也纷纷过来请求。

对于把东西装上马车的事，娜塔莎是无能为力的，但这一次为了收容伤兵，她比任何人都起劲地工作着，而且，比任何人的脸上还充满着活力与喜悦。

下午两点钟的时候，连伯爵一家人要乘的篷车在内，共有四辆马车停在伯爵住宅的大门口。

载伤兵的马车，一辆又一辆地离开院子了。停留在后院的那部车子——载安德烈公爵的四轮马车，这时也出现了。

索妮亚跟女仆们在轿车里替家属们布置座位，载安德烈公爵的四轮马车忽然引起她的注意。

“这是谁的篷车？”索妮亚问。

“咦，小姐，难道你还不知道吗？”女仆回答道，“公爵受了伤，昨晚在我们家里过夜呢！”

“公爵？他叫什么名字？”

“他曾是我们娜塔莎小姐的未婚夫安德烈公爵，听说伤势很重，已经在弥留中……”

索妮亚听了这个震惊的消息，立刻从马车里冲出来，奔跑到伯爵夫人那里去。

伯爵夫人穿好了旅行衣服，正在空阔的客厅里踱着步，她的脸上已经显出疲倦的样子。在等候全家人到这里来，夫人做了启程前的祈祷，请上帝保佑他们。

索妮亚报告伯爵夫人关于安德烈公爵的事。

夫人听了，瞠目结舌，几乎说不出话来。

刚刚康复的娜塔莎如果知道了这桩事，将会变成什么样子？夫人和索妮亚只担忧着这件事，甚至忘掉同情受重伤的安德烈公爵。

“娜塔莎还不知道这事，但他要跟我们一道走，一起

延伸思考

【对比说明】通过对比娜塔莎对于装行李与收容伤兵的工作态度，显示出她善良与保家卫国的爱国热情。

延伸思考

【对话描写】通过描写索妮亚与女仆之间的对话，得知了受伤严重的安德烈公爵就在这辆马车上，这为下文伯爵一家与安德烈公爵的尴尬相遇做了铺垫。

逃难去哩！”

“糟糕，真糟糕！噢，你刚才说什么……他在弥留中？”

索妮亚点点头。

这时娜塔莎跑进来，告诉夫人已经准备就绪，随时可以出发了。

伯爵夫人仓皇失措，望着自己的手提袋，想要掩饰脸上慌张的表情。

延伸思考

【神态描写】通过描写伯爵夫人仓皇失措的神情，流露出她担心娜塔莎知道安德烈公爵就在这里的事情。

娜塔莎望着索妮亚，诧异地问：

“怎么了？发生了什么事？”

“没，没有什么事！”

“谎话！一定发生什么对我不好的事。到底是什么事？”

索妮亚只是叹着气，不回答她的话。正好，伯爵、彼恰，还有许多佣人陆续走进来，娜塔莎也住了口。

延伸思考

【神态描写】索妮亚面对娜塔莎追问时叹气的神情，流露出人物内心纠结于娜塔莎如何面对伤势严重的安德烈公爵的突发情况。

大家跪在耶稣圣像前面，开始对圣像画十字，然后，伯爵温柔地拥抱留在莫斯科的佣人们，一个个向他们说着安慰与鼓励的话。

跟随伯爵一家人逃难的佣人们，彼恰发给他们每人一些短刀与猎枪等自卫武器。

大家都坐好了，轿车的门也关了，所忘记的手提箱也派人去拿来了，伯爵夫人更从车窗伸出头来叮咛过了。

就这样，一长列的马车浩浩荡荡地往前面行驶着。

当令人留恋的伯爵住宅快看不见的时候，大家画着惜别的十字。

名家点评

罗斯托夫伯爵一家腾出马车来运输伤兵，索妮亚发现了安德烈公爵也在其中并且伤势严重，但是娜塔莎被蒙在鼓里。

奇怪的言语

名家导读

娜塔莎在逃离莫斯科的路上发现了乔装打扮的皮埃尔，这究竟是怎么一回事呢？

娜塔莎坐在伯爵夫人的身边，常常把头探出窗外，看看后面，又看看前面那些载着伤兵的车辆。

在最前面行驶的是安德烈公爵的那部四轮马车，但娜塔莎做梦也想不到里面躺着的男人竟会是他。

可是，她们的马车队如果遇到别队马车而行列混乱的时候，要辨认哪一列才是自己家里的，最好的目标便是为首的那部四轮马车。在混乱时，娜塔莎只要一发现这部车子，便感到非常安心，好像在黑暗中找到光明一般。

马车行列正要离开莫斯科境界的时候，好奇地一直望着窗外的娜塔莎，突然高兴地惊叫起来……

"咦！妈妈，索妮亚，看呀，是他！"

"谁，是谁？"

"看那边。嗯，不会错，他是皮埃尔。"

娜塔莎指的地方，有一个服饰像车夫那样的肥胖男人，跟一个龙钟的老头子在一块儿走着。

从那人的体态和举止，立刻可以看出他是一个有身份的人化装的。皮埃尔自从表示他要去参观博罗季诺大会战以来，罗斯托夫家关于他的消息一点儿也没有，所以伯爵

延伸思考

【对话描写】通过描写娜塔莎与家人之间的对话，显示出娜塔莎意外发现皮埃尔时惊讶的心情。

夫人不把娜塔莎的话当作一回事。

“不，绝不会是他！这时候他哪里会在这里出现，娜塔莎，你别说笑话好不好？”

那人听到了娜塔莎的叫声，就以轻快的步伐朝这里走来。

不错，他是皮埃尔。

“皮埃尔，来呀，快搭上马车吧！我们已经认出是你了，看你这副打扮，刚才真使我吃了一惊呢！”娜塔莎向窗外伸出手，用开玩笑的口吻向他说道。

伯爵夫人看见皮埃尔这副穷酸相，又惊异又怜悯地问：“咦，你这种打扮，到底为什么呢？”

“怎么一回事？皮埃尔，你是不是还打算留在莫斯科？”娜塔莎问。

她们虽然一再问他，但皮埃尔还是默默无语，对于她们所问的他连一句话都没有好好地答复过。

“我如果是男人，一定要留下来和你在一起。呵，那多有意思呀！”娜塔莎说。

皮埃尔只是出神地望着她。

“好吧，你们别问我任何事吧！”皮埃尔隔了一会儿才开口道，“连我自己都不知道要往哪里去，要做什么事。说不定到了明天……不，或许不行。可怕的时刻真正到了，再见！”

皮埃尔像呓语般说完了这些话，便匆匆离开了马车，混进人潮中去了。

延伸思考

【语言描写】伯爵夫人对娜塔莎的回话，显示出她不相信皮埃尔会出现在这里。

延伸思考

【语言描写】皮埃尔神神叨叨的言语，让娜塔莎他们困惑不已。此处设置悬念，引出下文皮埃尔暗杀拿破仑的计划。

名家点评

娜塔莎他们一家在逃离莫斯科的路上意外发现了乔装打扮的皮埃尔，他莫名其妙的话语让娜塔莎他们感到困惑。

暗杀拿破仑的计划

名家导读

为何皮埃尔乔装打扮和言语神秘，原来是他要准备暗杀拿破仑！

皮埃尔在博罗季诺亲眼看到战争以后，人类互相屠杀的悲惨景象深深地印在他的脑海中，他被一种意念缠绕着。

“不能让拿破仑这个家伙留在人间，他多活在这个世界一天，人类将多遭殃一天……”

皮埃尔回顾这几年来欧洲的历史：

继法国大革命之后发生的血腥事件，差不多每件事都跟拿破仑有关——他就是燃起战火的源头，掀起所有战争的罪魁。

延伸思考

【观点说明】皮埃尔对于近年来欧洲为何战火不断的原因分析，一个重要因素就是拿破仑的好战。这或许也是作者对于战争原因的反思。

皮埃尔却认为：要消除战争，使世界维持和平的第一步，得先杀掉好战者拿破仑。

皮埃尔自告奋勇，打算完成这个艰巨的工作。

皮埃尔自博罗季诺回到莫斯科以后，趁家里的佣人们忙着准备逃难的机会，悄悄地溜出家里，在神不知鬼不觉中，消失了他的影子。

这个时候，他的妻子爱伦已经到彼得堡去了。

皮埃尔离开了自己的家，立刻到贫民窟去拜访一位老人。那个老人就是娜塔莎她们发现皮埃尔时，跟他走在一起的老态龙钟的老头子。

皮埃尔曾好几次布施给这些贫穷的人们金钱或物品，所以他相信他们会听从他奇怪的要求，满足他的愿望。

老头子很清楚皮埃尔的个性，所以他连多问一下都没有，就将皮埃尔所希望的东西带来给他。9月1日的下午3点钟过后，就是罗斯托夫伯爵一家人碰见皮埃尔的那个时候，法军的前锋部队已经进驻到莫斯科来了。

法军穿着破破烂烂的军服，面带菜色，他们的人数只剩下博罗季诺大会战时的二分之一，但他们还是士气高昂，充满着战斗精神。

法军侵入莫斯科以后，不到十分钟，所有的士兵和军官都离开队伍了。他们像是一群一群的强盗，到处抢劫百姓的财物。

皮埃尔所留宿的那位贫穷老人的家里，也有法国兵进去扰乱，他们擅自从地窖取出酒来，便喝呀喝呀地闹起来。

皮埃尔设法少跟他们碰面，避免引起无谓的冲突，以免耽误大事。

总指挥官拿破仑要进驻莫斯科，皮埃尔已经打听清楚那是后天的事。

“一切就在那个时候进行……”

皮埃尔这样低声自语着。天快要亮了，他才渐渐沉入梦乡。

正当法军在莫斯科到处抢劫的时候，不知是谁到处纵火，因为没有人去扑救，火势越来越大，莫斯科整个晚上都在燃烧着。

延伸思考

【情景描写】通过描写法军攻占莫斯科后俄军逃散和法军四处抢掠的场面，突出了战争带给老百姓的灾难。

延伸思考

【语言描写】皮埃尔已经打听好了拿破仑进驻莫斯科的时间，并计划实施暗杀行动。

名家点评

法军先锋进入了莫斯科，皮埃尔打听到了拿破仑进驻莫斯科的时间，准备实施他的暗杀计划。

深夜的谢罪

名家导读

罗斯托夫一家等人都在遥望观看遭受大火的莫斯科，但是唯独娜塔莎没有观看，心事重重，是什么事情让她烦恼呢？

9月2日的晚上，罗斯托夫伯爵家的轿车和载伤兵的马车队，歇在离莫斯科约二十公里的一个乡村里。

受伤军官的卫兵和罗斯托夫家的佣人们都站在老百姓家的院子里，纷纷叫着：

“真糟糕！风这么大，气候又干燥。这一下可不得了！”

“啊，那冲天的火光！瞧，现在连空中飞着的乌鸦都看得很清楚。”

延伸思考

【语言描写】通过描写众人对莫斯科大火的感叹，尤其是连空中飞着的乌鸦都看得清楚，显示出火势之大。

“我们的圣都莫斯科！啊，我们到底会变成什么样子！”

最后说的是车夫叶非姆老头，当他沙哑的声音停止时，叹息、啜泣、祷告声四起，久久持续着。

伯爵和索妮亚听到莫斯科自昨晚燃烧到现在的消息，也从村舍里走出来观望。

索妮亚看了一下，立刻又转身进去向娜塔莎说：

“娜塔莎，你出去看看吧！说不定从那个窗子也可以看到哩。”

娜塔莎听了，并未感到有一点儿兴趣，也没有要出去看的样子，只是躺在铺满干草的泥土上，动也不动。

她为什么忽然又变得这样沉静呢？原来是索妮亚无意中透露出安德烈公爵的事。娜塔莎听到了这个消息后，立刻心事重重。

延伸思考

【设问手法】通过设问句式的运用，流露出娜塔莎对安德烈公爵的歉意以及为他严重伤势的担心。

当大家在那里准备睡觉时，主人为伯爵夫人抬来一个像床的木架，其他的人只好睡在铺满了干草的泥土上。

伯爵夫人要娜塔莎睡在自己身边，但娜塔莎坚决不肯，她躺在最靠近门口的地方，任凭母亲怎样劝告她都不动。

到了深更半夜，娜塔莎细声地问：

“索妮亚，你睡熟了吗？妈妈，你呢？”

娜塔莎听不见回答，便小心地爬起来，画了个十字，像一只敏捷的小猫，迅速地走出村舍。

延伸思考

【动作描写】通过描写娜塔莎起床时小心翼翼的动作，显示出她怕吵醒家人，以及担心家人发觉她去看望安德烈公爵的事情。

晚上我就能见到他了——娜塔莎自从知道安德烈公爵也在此地的消息以后，就一直向自己这样说。现在，这个机会终于来了。

娜塔莎一边当心手上的蜡烛被风吹熄，一边靠着它的火光走到安德烈公爵歇宿的房舍。

从那间房舍里时时传出受伤者——不知是谁的呻吟声来。

“他不晓得变成什么样子了？是不是多多少少留着以前的样子？如果他的面孔变成可怕的样子，我是不是也有勇气向他道歉，请他原谅我的罪过？”娜塔莎想来猜去，在门外犹豫了一会儿，终于下了决心。她用细小的声音探问：“安德烈公爵在哪里呢？”

那个房间铺满了干草，有好几个人睡在里面，从吊在柱子上的一只牛油灯发出来的不明亮的光线大略可以辨认出来。

安德烈公爵的侍仆已经起来了。老侍仆看见颤抖的娜塔莎小姐，不胜迷惑。

“你是哪一位？有什么事情？”

娜塔莎默默无语，打算从他的旁边溜进去。

这时，娜塔莎所拿的蜡烛的火烧到老侍仆的衣服，本来微弱的烛光突然亮了起来，娜塔莎立刻发现一张很像安德烈公爵的脸。

安德烈公爵的确躺在那里，他把两手伸在被上，也许是发烧的缘故吧？他的两颊通红，很像天真的孩子。

娜塔莎到现在为止，从未看见或想象过这种神情的安德烈公爵。

> 延伸思考
> 【动作描写】通过描写娜塔莎见到安德烈公爵时的一系列动作，流露出娜塔莎对安德烈公爵深深的爱。

她以轻盈敏捷的动作，迅速地跪在安德烈公爵的身边。她抓住了他的手，把嘴唇压下去，开始吻他的手。

“是你吗？”

安德烈公爵微笑了一下，脸上露出喜悦万分的表情。

“饶恕我！”娜塔莎抬起头来，打量着充满了仁慈神情的安德烈公爵，如耳语一般地细声说着，然后又诚恳地重说一遍，“请你饶恕我！”

“饶恕你什么？”安德烈体贴地问，他深情地望着娜塔莎。

“请你饶恕我所做的错事。我真对不起你，你曾那么爱我……”

> 延伸思考
> 【语言描写】安德烈公爵简短的话语，道出了他自始至终对娜塔莎深深的爱恋。

“我比从前更爱你，爱得更深……”安德烈公爵回答道，用他被吻的手把她的头拱起来。

正在这个时候，粗暴的声音在他们旁边响起：

“这到底是怎么一回事？小姐，请你立刻走开吧！”赶她走的是跟从安德烈公爵的医官。这时，罗斯托夫家的女仆也来敲门了，那是伯爵夫人派来接娜塔莎的。

从这个晚上起，无论在任何休息处或宿营处，只要马

车一停，娜塔莎便立刻跑到安德烈公爵身边，无微不至地照料他。

医官看见这位年纪轻轻的姑娘，不但有这样坚毅的精神，还能细心地看护伤者，感到很佩服。现在没有一个人会阻止她去照料他了。

名家点评

娜塔莎终于发现了安德烈公爵就在自己身边，带着对安德烈公爵深深的歉意和深深的爱恋，娜塔莎开始细心照料安德烈公爵。

拓展训练

1. 娜塔莎是如何发现安德烈公爵的？
2. 娜塔莎为何选择半夜时分去看望安德烈公爵？
3. 娜塔莎与安德烈公爵之间发生了怎样的对话？

皮埃尔的失策

名家导读

皮埃尔已经做好了刺杀拿破仑的准备，可是在他行动的过程中发生了意外，究竟结果如何呢？

9月3日上午十点钟的光景，皮埃尔从隐身处——老人的家里出来了。

皮埃尔秘密探听拿破仑的行踪，得到的情报是：在中午的时候拿破仑可能赴克里姆林宫。所以，皮埃尔打算在路上等候着，设法暗杀他。

这时，莫斯科的大火还在燃烧着，附近一带的街道肮脏而零乱。由于受到火焰的热气，行路的人被烤得喘不过气儿来。

当皮埃尔走过并排的又小又脏的房子前面那条弯弯曲曲的道路时，看到有一个年轻的女子站在远处一栋正在喷火的楼房前面，像发了疯一般地不知在那里叫喊着什么。另一个像她父亲模样的男人紧紧地抓着她，拼命地劝慰着她，好像怕她奔上楼去似的。当有人走过他们的身边时，那个女人便挣脱那个男人的手，一边指着楼上，一边不断地向过路人哀求着。

延伸思考

【情景描写】通过描写皮埃尔路上偶遇的父女俩向路人求救的情景，显示出女人有什么重要的东西落在了着火的楼里。

那些听到她哀求的人们，都摇摇头，无动于衷地走过去了。

皮埃尔根据这些情景，立刻知道在燃烧的楼房里留着那女人的小孩……当皮埃尔一边观察着，一边走近那女人的时候，那女人一看到皮埃尔，就跪在他的脚下，哭哭啼啼地请求皮埃尔帮忙救她的孩子。

延伸思考

【心理描写】通过描写皮埃尔面对小孩还在着火的房间里的情景时内心活动，衬托出皮埃尔善良勇敢、视死如归的情怀。

反正我把生命早已置之度外了——皮埃尔想。在我未牺牲之前，应当尽量多做些救人类救国家的有意义的事情。于是他决心去救那孩子，他鼓起勇气便向火中冲了进去。

皮埃尔冒着九死一生的危险，穿过火场，到达楼上，然后迅速地将那女人的小孩抱起来从窗口投给她，接着自己也跳下来。那个女人感激地流着眼泪向他道谢。

正在这时候，两个法国兵慢慢地朝这边走来。他俩都打扮得很奇异，身上没穿军服，穿的是从老百姓家里抢来的上衣和裤子，其中一人肩上还披着一件妇人的外套。

两个士兵走到那个紧搂着孩子的女人和那个像她父亲的男人的身边，其中的一个看见那男人所穿的长筒靴，便用力踢那男人的小腿，不知在说些什么。

那男人好像很怕法国兵的样子，立刻坐在地上，将脚伸出来。

士兵一脚踏住他的肚皮，粗暴地开始脱他的长筒靴。

另外一个士兵，也贼头贼脑地在那里端详着那女人和小孩，他一发现小孩的颈上挂着一条细细的金项链时，如获至宝一般，急忙伸出他粗大的手抓住那项链。

延伸思考

【情景描写】通过描写小孩遭受法国士兵强硬拽项链时痛苦的情景，显示出法国士兵的野蛮暴力，不顾及孩子的安危。

那小孩的头随着他所拉的方向扭着，痛苦万分，拼命地哭着，做母亲的也吓得尖声叫了起来。

皮埃尔刚才从楼上跳下来的时候跌伤了腰部，正痛得要命，他勉强移步离开跳下来的地方，靠在地上休息着，法国兵这种暴行他都看见了。他再也忍不住了，于是不顾一切地爬起来，一边怒吼着："干什么，住手！"一边猛力地把那个法国兵推开。法国兵被推倒了，马上爬起来就要逃走。但他的同伴——强夺人家长筒靴的那家伙，已经拔出手枪来，用枪在皮埃尔的背后威胁着，并吹着求援的笛子。

一群法国兵跑了过来。皮埃尔很快地被他们包围住了。

皮埃尔刚才推倒法国兵时，有几个俄罗斯人在旁边喝彩着：

“好，要得！”

可是，许多法国兵赶来以后，大家都站得远远的，生怕被连累的样子，没有一个人敢挺身出来帮助皮埃尔。

皮埃尔知道自己势单力孤，抵抗他们也没用，干脆任由敌人摆布好了。法国兵立即开始搜查皮埃尔的身体，手枪和短刀便被搜出来了。

于是，皮埃尔被缚得牢牢的，法国兵拖着他边走边折磨他……

从这一天起，皮埃尔就开始过着长期的俘虏生活了。

延伸思考

【对比描写】通过对比描写围观的几个俄罗斯人在法国士兵赶来前后截然不同的态度，刻画出他们胆小怕事的心态。

名家点评

皮埃尔已经做好刺杀拿破仑的准备，在行动的路上因为见义勇为、抱打不平而被法国士兵俘虏。

拓展训练

1. 皮埃尔打算怎样刺杀拿破仑？

2. 路遇的那个女人为何大喊大叫？

3. 皮埃尔推倒法国士兵后遭遇了什么后果？

两封信

名家导读

尼古拉奉命去非战区的小都市采购军用马匹，在那里他遇到了谁呢？

延伸思考

【解释说明】通过解释尼古拉被选中前去采购军用马匹的原因，这也是尼古拉免于遭受战场的生死危险的原因所在。

尼古拉没有参加过博罗季诺的大会战。

因为在会战的四五天前，他突然接到命令，要派遣他到非战争区域的小都市去采购师团所需的军用马匹。

尼古拉是联队中有名的骑马能手，同时也以识马而闻名，所以特别被上司所器重，将购马的任务交给他。

尼古拉在战友们的羡慕声中，率领着一小队的士兵，向所指定的小都市出发了。

尼古拉到达那个小都市时已是9月的中旬，莫斯科被敌军占领而且被大火烧掉的消息，已经传到那里了。

尼古拉先到县长官舍去访问，请地方官帮助他物色好马。

出来接见他的县长夫人，见了尼古拉便高兴地说：

“你是罗斯托夫伯爵的公子吧？我在好久以前曾见过你的面呢！我们在莫斯科的时候，也跟你母亲时常有交往。”

在那小都市里，有许多莫斯科上流社会的绅士逃难到那里，他们以县长夫妇为中心人物，组成跟在莫斯科同样性质的社交集团。从战场传来的好消息与坏消息，常常使他们有时高兴，有时忧虑。但他们仍然时常开舞会，过着安乐的日子。

来自前线受过炮火洗礼的健壮美男子——骑兵中尉尼古拉，立刻成为那个社交集团的宠儿。

有一天晚上，尼古拉参加晚会时跟县长夫人聊天，谈到他们友人的近况时，尼古拉第一次听说玛丽亚也住在这个小都市中她亲戚的家里。

因为许多住在莫斯科的人集中在这里，所以县长夫人很清楚安德烈公爵和娜塔莎的秘密订婚，以及他们不幸的变化、婚约的解除等经过。夫人还说自从安德烈公爵受重伤的消息传到这里以后，玛丽亚担忧得更消瘦了，所以，夫人劝告尼古拉去慰问慰问她。

尼古拉在这次的谈话里也告诉县长夫人，说在偶然中他曾救玛丽亚脱离危难的事。

“你们既然有这样的奇遇，那你更要去慰问她。玛丽亚小姐看到了你，一定会高兴的。而且，这位小姐不像一般人所说的那样丑……”

县长夫人话还没说完，尼古拉仿佛自己被侮辱了一般，满面通红，结结巴巴插嘴道：

“她不但不丑……”

“夫人也许不知道，”尼古拉解释道，“很早以前，我母亲就盼望我能娶一个有钱的小姐做妻子。可是，我只要想到这些就觉得卑鄙，为了金钱结婚是龌龊的……我有一个爱人，名字叫索妮亚……我爱着她，也答应娶她，我必须实现我的诺言。所以，我现在不能再跟玛丽亚小姐……”

县长夫人听了，大笑起来：“哈，哈，你怎么说这种话呢？尼古拉，我只是劝你去看她，并不是叫你跟她结婚啊！将来，你如果能跟她做夫妻，你母亲不知道要如何高兴哩。至于索妮亚小姐，她是一位好姑娘，但一点儿嫁妆也没有，你和她结婚，当然不能过着幸福的日子。也许我年纪大了，比较多嘴，关于这桩事，我深深觉得：你妈妈

延伸思考

【原因说明】通过解释，县长夫人了解关于安德烈公爵与娜塔莎事情的原因，为下文县长夫人劝告尼古拉慰问玛丽亚做了铺垫。

延伸思考

【神态描写】通过描写尼古拉满脸通红的神态，显示出他以为县长夫人认为他嫌弃玛丽亚长相丑陋而不愿去看望的看法的羞愧。

延伸思考

【心理描写】通过介绍尼古拉此时此刻的内心独白，看得出他渐渐领悟到了母亲和县长夫人希望他娶玛丽亚的现实因素，看来他与索妮亚的感情有变化了。

的想法也是不无道理的。”

尼古拉听了县长夫人的劝告，也渐渐领悟了。

“是的，我只是去看看她，这又有什么关系呢！那不过是一种礼节，对于索妮亚也没有什么过不去的……”他这样想了后，便向县长夫人打听玛丽亚的住处。

第二天，尼古拉便去访问玛丽亚。

老夫人——玛丽亚的姨妈——大概已得到县长夫人的指点吧，把尼古拉带进客厅，叫玛丽亚出来接见以后，她便走开了。尼古拉和玛丽亚相会后，所谈论的不过是些无关紧要的家常话。

玛丽亚提起他救她的往事，尼古拉故意把她的话岔开。尼古拉讲到安德烈公爵在战场受伤上的事，玛丽亚也只是支吾答话。

两人大多围绕着玛丽亚膝下的小孩子——安德烈公爵的儿子——做谈话的资料。

尤其尼古拉极力显出轻松的样子，像一般人那样对待着孩子，温柔地摸摸小孩的头，把他抱起来转动着，问他愿不愿意做骑兵……

延伸思考

【神态描写】通过描写玛丽亚注视尼古拉时羞怯而又幸福的微笑，流露出她对尼古拉的好感。

当玛丽亚羞怯的视线投注在被尼古拉抱在怀中的她的侄儿身上时，脸上不禁浮起拘谨而幸福的微笑。

尼古拉一边装作专心逗小孩的样子，一边却偷偷地看了她几眼，在心里感叹着：多娴静纯洁的姑娘哟，我爱上你了！

玛丽亚对向她告辞的尼古拉表示：她如果没有这个孩子在身边的话，一定立刻就出去寻找哥哥，去看护他受伤的病体。尼古拉向她保证，如果有什么消息，他会立刻来告诉她。于是，两人便这样分别了。

正巧，尼古拉在那天晚上接到两封信。

一封信是他母亲伯爵夫人寄来的。她在那封信里写着：她们一家人虽然安全逃出莫斯科，但她们罗斯托夫家在莫斯科所有的财产都完了，现在变得更穷。除了他能娶

个富有的妻子来挽回家运以外，其他任何希望都没有了。

她当然也告诉他，负重伤的安德烈公爵跟她们在一起，天天得到娜塔莎尽心地看护。

尼古拉的心扑扑地跳了起来。啊，明天我可以借着告诉她这个消息，堂堂正正再去看玛丽亚小姐了！

那么，另一封信呢？那是索妮亚寄来的。在那封信里，处处可看得出泪痕。

尼古拉看了这封信以后，心情复杂得很，是喜是悲，很难分清楚，就是用笔墨也很难形容他当时的心情。

我想了又想，虽然我仍然像从前那样不断地爱着你，但我已经打消了跟你结婚的念头。请你把我们过去的山盟海誓，当作没有发生过一样吧！希望你竭力发掘好的婚姻对象，让大家高高兴兴吧！

延伸思考

【内容介绍】通过叙述索妮亚来信的内容，流露出索妮亚虽然对尼古拉恋恋不舍，但是为了伯爵家族未来而依然劝解尼古拉另寻对象，这是多么伟大的爱情！有一种爱叫做放手！

玛丽亚听了尼古拉关于哥哥的消息那天，她就开始做旅行的准备了。

许多亲朋好友都劝玛丽亚别带着小孩冒那么大的危险去看她哥哥，但无论别人怎么说，都无法阻止她这一次的旅行。

名家点评

尼古拉奉命前去非战区的小都市采购军用马匹时，知道并去慰问了玛丽亚，两人之间再生好感，索妮亚的来信也劝解尼古拉另寻好的婚姻对象。

拓展训练

1. 尼古拉奉命去非战区做什么事情？

2. 县长夫人建议尼古拉做什么事情？

3. 索妮亚写给尼古拉的信中说了些什么？

悲伤的相会

名家导读

玛丽亚和安德烈公爵的小儿子，赶往了哥哥所在的镇子上去看望哥哥，不知道安德烈公爵还是否有救？

罗斯托夫伯爵一家人借了镇上一位大商人的房子居住，过着离开莫斯科以来最宽心的生活。

安德烈公爵现在和他们一家人住在一起，睡在后院的一个房间里。

伯爵夫人和索妮亚寄信给尼古拉后不久，她们便收到他的回信。尼古拉告诉她们：他跟玛丽亚重逢，玛丽亚带着她哥哥的孩子朝此地出发，她要来看她哥哥等事情。

索妮亚看了这封信，已经无动于衷了。她完全死了心……

延伸思考

【状态描写】看来索妮亚已经说服了自己，她彻底放弃了与尼古拉的约定。

自从莫斯科大火以后，罗家显然受到很大的损失。夫人痛惜财物，变得软弱不堪了，时常一把眼泪、一把鼻涕地央求索妮亚，希望能说服她："你如果真的感到我们对你的恩情太重，请你牺牲一己的感情，为了成全罗斯托夫家放弃尼古拉吧……"

夫人的哀求打动了索妮亚的心，使她无法拒绝这种请求，因为索妮亚听了哀求的话比被虐待还难受。

延伸思考

【动作描写】伯爵夫人看过索妮亚写给尼古拉的信后激动的反应，显示出夫人为索妮亚顾全家族未来而放弃爱情行为的感动与感激。

延伸思考

【语言描写】通过描写玛丽亚见到伯爵夫人后的问话，显示出她迫切希望见到伤势严重的哥哥的焦急心理。

对索妮亚的这种软攻政策发生效力时，她们一家人已住在那小镇了。当伯爵夫人打算写信给军中的尼古拉时，她把索妮亚叫到面前，吩咐道：

"索妮亚，你也写一些你想说的话给他吧！"

第二天早上，索妮亚把那封信交给夫人。

夫人看了，把索妮亚紧紧地拥抱在怀中，簌簌地掉下眼泪，感动地说：

"谢谢你，孩子，你委屈了自己，竟答应了我这桩要求……"当索妮亚看见玛丽亚从马车上下来时，她用飞快的脚步跑上去迎接她。

"请到这边来……"

索妮亚讲完了这话，便慌慌张张地奔进里面，向伯爵夫人通报去了。伯爵夫人迎接玛丽亚，像感动到极点的样子。她把玛丽亚当作亲生女儿一般，紧紧拥抱着，在玛丽亚的两颊亲密地吻了又吻……但夫人这种亲昵的表示，还是无法掩饰她做作的痕迹。

"请问伯母：家兄的伤势不晓得怎么样？我可不可以立刻见他？"

"当然可以，你愿意马上就去看他吗？大夫也说过已经不会有什么危险了……"伯爵夫人虽然轻松地回答着，但脸上却露出担忧的神色，接着沉重地叹息一声。

玛丽亚从她这种举动，立刻看出夫人这些话是不足为信的，只是敷衍安慰自己罢了。

正在这个时候，家庭教师陪着安德烈公爵的儿子走进来了。

"哦，这位小公子就是令兄的少爷吧？多可爱的样子哟！"伯爵夫人讨好地说着，把应该领客人到安德烈公爵病房去的事情，似乎忘得一干二净了。

玛丽亚内心急得要命，心想我哥哥到底怎么样了？我不辞辛劳，冒着危险从远处来到此地，就是专程为了看他呀！可是，老夫人怎么不把它当作一回事呢？为什么不立刻让我见他呢？不过，玛丽亚立刻又想开了：老太太们做事不像年轻人那么急躁，她们并不是恶意的。因此，玛丽亚再三地忍耐着。

“家兄到底在哪里呢？”

玛丽亚再问了一遍，像要求救援似地向四下顾盼了一下。正好，远远朝这里走来的娜塔莎，这时映入了她的眼帘。

玛丽亚看见娜塔莎的第一眼，第六感官便立刻告诉她：娜塔莎才是自己诚实的、可以共患难的朋友……

玛丽亚飞也似的跑过去拥抱着娜塔莎，把自己的脸孔伏在对方的肩上，不觉放声大哭起来。

玛丽亚痛快地哭过了之后，发泄出了胸中的闷气，觉得舒服了些，才慢慢地抬起头来凝视着娜塔莎的眼睛，重新开口问：

“我哥哥到底怎么样？”

娜塔莎看见她真挚热诚的目光，她感到心坎都被对方看得清清楚楚，想隐瞒事实，也是枉费心机了。

话虽如此，但娜塔莎怎么能将安德烈公爵伤势沉重——现在已处于弥留中、不知今天或明天就会去世的情况告诉玛丽亚呢？

娜塔莎的嘴唇痉挛了一下又停住了，这一次轮到她用两手掩着自己的面孔“哇”一声哭出来了。

玛丽亚明白了一切。

当娜塔莎用熟练的手打开安德烈公爵病房的门，让玛丽亚先进去的时候，玛丽亚又禁不住啜泣起来。

脸色苍白、瘦弱到极点的安德烈公爵，用他苍白的手指抚摸着自己长长的胡子。然后把目光集中在走进来的玛

延伸思考

【语言描写】玛丽亚简短的问话，再次流露出她迫切希望见到哥哥的心理。

延伸思考

【动作描写】娜塔莎嘴角痉挛的动作与哇哇大哭的情景，衬托出安德烈公爵岌岌可危的伤情。

丽亚脸上。

“噢，你是玛丽亚吗？很好，你能平安到来我真高兴。你是不是把那小家伙也带来了？”

安德烈公爵的声音很轻微很虚弱，听了使玛丽亚有一种不寒而栗的感觉。

延伸思考

【声音描写】通过描写安德烈公爵虚弱的声音，显示出安德烈公爵目前体质的虚弱和生命的垂危。

玛丽亚紧握着哥哥冰冷的手，不住地流着眼泪。她对于没有希望获救的安德烈公爵，不知用什么话来安慰他才好。

良久的沉默之后，安德烈公爵冷静、微弱的声音又在房里响着：

“亲爱的玛丽亚，请你代我好好地向她道谢吧！这一次，从头到尾都是受这位小姐的照料呢！”

安德烈公爵讲完了话，将头转向娜塔莎站着的地方。

“对啦，玛丽亚，你见过尼古拉是吗？”安德烈公爵之所以能突然说出这些话来，是因为他已知道这桩事，娜塔莎曾把尼古拉的来信告诉过他。

“这是娜塔莎告诉我的。听说尼古拉在信里写着：他非常喜欢你。我不知道你觉得他怎么样？玛丽亚，尼古拉是一位好青年，你如果也爱他，我希望你跟他能够建立起永久坚固的爱情……”安德烈公爵说着，温柔地望着玛丽亚。

玛丽亚把头垂得低低的，拘谨地僵直着身体，一时说不出话来。

延伸思考

【神态描写】通过描写玛丽亚听到哥哥希望她与尼古拉结合建议后的反应，流露出她害羞而又复杂的内心活动。

隔了一会儿，玛丽亚说：“我想……”然后向娜塔莎投了一瞥，察看对方的脸色，又静静地站在门口，打算出去把安德烈公爵的幼子带进来。

将要变成孤儿的这个可怜男孩才只有七岁，这时被玛丽亚带进病房里来，不但没有哭泣，也没有笑容，只是默默地凝视着父亲那又消瘦又衰弱的面庞。

安德烈公爵看到年幼的儿子，又怜又爱，脸上虽浮着微笑，心里却是一阵酸楚，眼中不觉流出泪来。

从这一天起，这孩子跟着玛丽亚走进病房来的时候，一看到娜塔莎就很高兴，用他那种爱恋的、俊美的眼睛望着娜塔莎，客客气气地跟她亲近着。

玛丽亚到达的第五天，安德烈公爵就安详地去世了。

延伸思考

【情景描写】通过描写安德烈公爵与儿子见面后的情景，一种凄凉的氛围让人痛心不已。

名家点评

玛丽亚带着哥哥的儿子终于见到了生命垂危的安德烈公爵，她们和娜塔莎一起陪伴着安德烈公爵走完了他生命的最后几天。

拓展训练

1. 玛丽亚到来的时候是谁去迎接的？
2. 伯爵夫人热情地招待玛丽亚的真实原因是什么？
3. 安德烈公爵临终对玛丽亚做出了什么请求？

法军退却了

名家导读

法军虽然攻占了莫斯科，但是他们烧杀抢掠的暴行不得民心，俄军又不接受讲和，法军的形势会发生什么变化呢？

法军一占领莫斯科，军纪便告散乱，从长官到士兵，都是三五成群地到处抢劫百姓的财物，闹得民不聊生，社会秩序大乱。昔日繁荣的都市，现在已变成萧条不堪的死城，从前人民安乐的日子，现在已变得苦不堪言。法军一进莫斯科，就给莫斯科人留下了如此深刻的印象。

法军劫后的工作是安顿民心，他们公布“告莫斯科市民书”。

延伸思考

【内容介绍】通过介绍法军公告的内容，看来法军要开始实施安民政策，不过对比他们所犯下的暴行，结果可想而知。

“我们是来自自由的祖国——法兰西，你们用不着怕我们，误会我们。从莫斯科出走的市民们，希望你们早一天回来，照从前那样努力于自己的工作。我们为了从暴政中解放你们，不远千里从遥远的地方赶来。”布告的意思大略是这样的。

可是，遭到法军肆无忌惮地抢夺连房子、家具都被烧光的市民们，怎能相信他们这种鬼话呢！

从莫斯科逃出的市民们，不但连一个人也没回来，留下来的市民也渐渐地减少了，反对法国的情绪一天天高涨起来。

在法军所占领的其他国土里，从未遇到过这类情形。

拿破仑派他的亲信部下到彼得堡去向亚历山大皇帝讲和，同时也派出军队使节到俄罗斯军统指挥官库图左夫上将那里。

但结果都是枉然，无论亚历山大皇帝还是库图左夫上将，都不理睬他们任何讲和的提议。

延伸思考

【交代说明】通过交代俄军官方对法军讲和的拒绝态度，显示出了俄军要抗战到底的坚定决心。

拿破仑终于着慌起来，现在他才发现俄国人的厉害。

过去拿破仑占领欧洲其他国家的时候，只要贴出布告来，市民们便兴高采烈地回来，讨好他们这班征服者。

只要他们提议要订停战条约，无论哪一个国家的元首或将军，都会立刻答应，听拿破仑的吩咐，在任何条约上签字。

可是，在俄罗斯的莫斯科，跟以前大大不同了。

以拿破仑为首的法国军，他们虽然能在莫斯科过着放肆得意的生活，可是他们一想到他们现在深入异乡，离开法国已经很遥远，再这样下去，孤军深入，粮草用尽，不久就会不战自败。如果再久待下去，不知会变成什么样子？

延伸思考

【形势分析】通过分析法军将来面临的不利形势，为下文中法军的不战而退做了铺垫。

于是大家都变得不安起来。这种不安的情绪弥漫着整个军队，对于大家的精神威胁越来越厉害。

他们对于随时会反攻、而又看不见的敌人，感到越来越恐惧，所以对他们当初认为安全的地方，现在已失掉信心。

法军自9月到10月初，占领莫斯科大约5个星期，接着就自动地从莫斯科开始退却了。

俄罗斯的10月，已是寒冷的早冬季节，法国军队的粮草也一天天减少了。他们如果把留在莫斯科的东西吃完的话，已经没有办法补充了。

因为俄罗斯的游击队已经重重地包围了法国军队，法国部队如果稍离开莫斯科到邻近的乡村去征收粮食，一定会碰到游击队的围剿，届时一定会狼狈不堪地逃命。

法军的士气，在仅仅一个月的时间内，已低落得一发不可收拾，最后还是离开莫斯科市，退出去了。

退出的时候，拿破仑皇帝和将军们，率领着满载金银财宝——从莫斯科克里姆林宫掠夺的马车列队，连最下面的士兵也向他们的长官看齐，每人在身上都带着所抢夺的东西。

法军每人身带过重的财物，看起来像肥猪一般，因此影响了他们的机动性。

延伸思考

【比喻手法】通过比喻修辞手法的运用，显示出法军的贪婪，这也为下文中他们在撤离时遭遇阻击而损失惨重埋下伏笔。

可是，侵略者所抢夺的东西，究竟给他们自己带来如何可怕的厄运，后来的事实将会告诉我们这一切。

这些侵略者能平安无事地踏上自己本国领土的，寥寥无几。大部分是为了贪图财宝，连自己的生命都丢在异乡——俄罗斯的领土上。

成为俘虏的皮埃尔，在酷寒渐渐来临的10月的一天，被退却的法国兵驱赶着，无奈地和敌军在寒冷的野外行军。

名家点评

法军在莫斯科烧杀抢掠，不得人心，同时俄军不同意议和，要抗战到底，法军形势不利，不战而退，损失惨重。

拓展训练

1. 法军公布的告示效果如何？

2. 俄军官方对法军的讲和持何种态度？

3. 法军在撤退过程中损失严重的原因是什么？

被捕的日子

名家导读

被法军俘虏的皮埃尔在囚禁的日子里遭遇了千辛万苦，他最终是否能够逃离魔掌呢？

因抵抗法军被捉去的皮埃尔，对于法军的审问全都置之不理，无论法军怎样拷问，他始终连一句话也不回答。

法军把这个来历不明的男人列为不可饶恕的死囚。皮埃尔当时没有被枪毙，真可以说是奇迹，也是他的侥幸。

原来法军当时虽然再三张贴布告，希望从莫斯科逃出去的百姓们回来，可是始终没有一个人肯回来，所以他们认为采取高压政策不妥当。于是，就代替以怀柔政策来收买民心。他们认为这时要枪毙皮埃尔，恐怕引起人民的不满，就以“拿破仑皇帝的恩慈”为理由，赦免了这些人。

延伸思考

【原因说明】通过解释皮埃尔免于枪毙的原因，让读者为皮埃尔一颗悬着的心暂时放了下来，皮埃尔暂时安全了。

他们觉得这样做，多多少少能获得莫斯科市民的好感，说不定还能赢得占领地的民心。因为这个缘故，皮埃尔捡回了性命。

法军还没有退却以前，皮埃尔被收容在大木栅里，那里关着三十多个俘虏，他们都是下流社会的人。

小偷、流浪者、到莫斯科亲戚家来玩而来不及逃走的无知老百姓等，各种各样的他们都是想逃走而没有去处的穷人。皮埃尔跟这些下流社会的人共同生活着，他的内心渐渐地明朗起来。

他们没有礼貌也没有知识，为了食物，同伴们常常发生无谓的争吵。可是，他们却不像那些生长在贵族社会的人，会说美丽的谎言，常干一些陷害别人而有利自己的勾当。他们虽然很粗暴，心地倒相当纯真，没有一点儿伪善者的奸诈。

延伸思考

【对比描写】通过对比描写俘虏中来自社会底层的人们虽粗暴但心地单纯，与俄国上层人士的虚伪阴险狡诈形成对比。

皮埃尔对于他们这些人，感情一天天地增加起来。他们也尊重、爱戴着皮埃尔。因为皮埃尔处事很公平，而且又深懂法语，所以他能代表俘虏们，跟监督他们的法国兵交涉，做些有利于大家的事情。

皮埃尔的俘虏生活，真正徘徊在生死边缘而过着千辛万苦的日子，是在离开莫斯科以后才开始的。

他们这批俘虏在莫斯科被收容期间，虽然不能吃饱，但还有东西吃，而且气候也还没有到酷寒得使人难以忍受的时候。

当法军一开始退却，情势就完全改变了。

气候一天天寒冷起来，粮食也几乎弄不到手。纵使有了一点儿，法军自己吃都嫌少，哪里有富余顾及他们这些俘虏呢！

为了减少累赘，法军早把所抢夺的东西丢掉了。而且，他们对饥寒交迫的俘虏们，总是用枪尖威胁着，催促他们走快一点儿。附近的部队倘若遭到俄罗斯游击队的袭击，因恐怖而失掉理性的法军便会一口咬定：这是自己带领的俘虏跟那些游击队通谋所造成的。于是，就任意杀死俘虏。

延伸思考

【交代说明】通过交代法军撤退过程中俘虏面临的危险形势，让读者为皮埃尔的安慰甚是担心。

这样，这些无辜的俘虏，便一天天地减少下去。

皮埃尔不再怜惜自己的生命了，他觉得过这样痛苦的日子，不如死掉干脆。他时常想起娜塔莎的事，每逢想起，便不觉喜上心头。

曾一度得意忘形、目空一切的法军，在冰天雪地里，因饥饿、疲劳、恐怖，也陆续地倒下去……皮埃尔目睹他们的悲惨结局，认为这是自食恶果，觉得自己曾打算暗杀拿破仑的想法，真是愚蠢且幼稚。

名家点评

由于法军的怀柔政策，皮埃尔免于死亡，但是在法军撤退的过程中，寒冷、饥饿、枪杀等再次威胁皮埃尔的安全。

拓展训练

1. 法军为何没有枪毙皮埃尔？
2. 皮埃尔对关在一起的来自社会底层的俘虏们印象如何？
3. 法军撤退过程中俘虏们的命运如何？

为国捐躯的少年

名家导读

俄罗斯游击队打算袭击一队进驻村庄的法军千人队伍，罗斯托夫伯爵的儿子彼恰奉命联络并参与了战斗，他的命运会如何？

拿破仑率领的法军，完全缺乏冬天的装备。

拿破仑和将军们一开始退却，便乘快速的马车向归途飞驰着。俄罗斯严寒的冬天，对于他们这班要员不会有多大的影响，但可怜的是一般的士兵。

他们把身边的衣服凡是能穿的都穿在身上，但还是不能御寒。他们每夜宿在零下十几度的冰天雪地的原野中，手脚都被冻伤了。他们的手握不住枪杆，两脚行路又不方便。他们被俄罗斯大自然的寒冷征服了，毫无抵抗地在死亡边缘挣扎着。

> **延伸思考**
>
> 【交代说明】通过交代法军撤退时遭遇的俄国的恶劣天气的影响，为下文中法军的惨败埋下伏笔。

而且，俄罗斯的游击队，以为数不多的队员编成许许多多的突击队，出其不意地袭击狼狈不堪的法国军队。

村民们踊跃协助游击队歼灭法军。他们无论男女老幼，都从内心里痛恨法军侵略他们这富饶的国土。

为了这个缘故，尽管法军怎样想办法来掩护他们的行动都无济于事，无论走到哪里，立刻就会被游击队洞悉一切，因此，他们始终在俄罗斯军的掌握中。

当法军感到疲惫不堪，好不容易找到一个地方想休息一下时，仍不能安心，因为他们得提防随时来袭的敌人。

罗斯托夫伯爵的幼子彼恰被派在游击队的司令部服务。

司令官有时差遣见习军官彼恰到各游击队去，但这只是去联络公事罢了，他根本不让彼恰去参加实际战争。因为伯爵曾再三请司令官关照自己的儿子，司令官为了要实行他对伯爵的诺言不得不这样做。

延伸思考

【解释说明】通过解释司令官想方设法保护彼恰安全的原因，与下文中彼恰违抗命令参战而遭遇不测形成了对比，让人惋惜。

那是10月下旬的一天，彼恰所属的司令部获得了一个情报。

根据那个情报说：将近一千人的法军残余部队进入了沿河的小村庄，已经落入了俄罗斯游击队布置的圈套。

跟踪那法军部队的俄罗斯游击队设法让村民们躲开，故意在村中留下几头牛马，伪装村民们如何害怕逼近的法军，连东西都来不及携带就没命地逃走了。游击队这种战略终于成功了。

法军部队做梦也想不到敌人在暗算他们，就放心大胆地住在那个村庄。

游击队的计划是让敌人不疑有他，等到第二天拂晓，当法军部队正在酣睡的时候才突袭他们。

不过，想进行这个计划的游击队，队员不到一百人，他们对于将近一千名的敌人，还是没有把握歼灭他们，所以只得向司令部求援。

还好，司令部在这条河对面埋伏着哥萨克骑兵的游击队。如果用这队哥萨克骑兵从两面夹击敌人，那是最好不过的了。

司令官派见习官彼恰到哥萨克去联络。

在彼恰要出发的时候，司令官再三嘱咐着，传达命令以后，立刻返回部队……

延伸思考

【交代说明】通过交代司令官对彼恰的再三嘱咐，为下文中彼恰违背命令而参战遭遇不测埋下了伏笔。

彼恰兴高采烈地跳出司令部，向目的地出发了。不多久，彼恰找到了藏在白桦树林中的哥萨克游击队。

哥萨克队长对于彼恰传达的情报思索了一会儿，然后沉重地说：

“我明白了。不过，我们今晚非先到那个村落去看看不可！”

“噢！要到那里去看看？可是，那个村庄上现在有一千名法国兵驻扎在那里呢！”彼恰瞠目地说。

“是啊，所以我们更需要去看看呀！因为我们对于河对面的地形不大清楚，要攻入以前，必须好好研究地形才行！”队长瞪了彼恰一眼，讽刺地说，“不过，你放心好啦，我们不会求你一起去的。”

彼恰不听还好，一听他的话，怒火立刻冒了出来，他觉得对方仿佛把他当作胆怯鬼在嘲笑一般。

“队长，你要去的时候，请你允许让我一起去。我奉令到此地来时，司令官曾指示。看情形，我可以留在这里……”彼恰连这种谎话也讲了出来。

“要去就去吧！但如果你在途中逃走的话，我会受连累的。还有，我们无法保证能平安回来，这一点你也该清楚……”队长讲完了话，便大声吩咐勤务兵，“喂，把往常所需要的东西带两套到这里来！”

勤务兵服从队长的命令，拿出来的东西有：法军军官的制服、佩刀，还有中间突出的铁帽。

换句话说：队长要伪装法国军官，到那个村庄去打听打听情形。

快到日落西山的时候，彼恰和队长从白桦树林骑着马慢慢出去了。队长很仔细，连马具也换上法军用的东西。

两人从浅流处过了河，到达目的地。走进那个村庄，在一处河边登岸时，太阳已下山了，黑夜笼罩着这个世界，因此法军所烧的营火，远远就可以看到，成为明显的目标。

法军部队也许专心注意包围村落后面的森林吧，所以彼恰和队长连一个敌人也没有碰见，很快地便踏进村里了。

“队长，我刚才忘记告诉你，听说敌军的高级军官都集中在地主的家里……”彼恰讲到这里，队长阻止他道：

延伸思考

【神态描写】通过描写彼恰听闻队长讽刺性的语言后气愤的神情，这刺激了彼恰的自尊心，为下文中他的参战做了铺垫。

延伸思考

【物品描写】通过描写队长他们所要穿戴的物品，伪装成法军，显示出队长的有勇有谋。

“嘘！”

然后，队长从马上靠近了彼恰，抑制着声音告诉彼恰：

“不能再讲俄语了！”

那时的俄罗斯军官，大多数都是贵族出身，而他们从小时候开始，家里就请有家庭教师专教法语，所以他们对于法语都能说得很流利，对于法文也都能写得很通顺。

彼恰和队长正走到村落的入口——土桥的时候，忽然听到严厉的声音响着：

“谁？”

同一个时候，枪声也响了起来。

哨兵的黑影子出现在桥上。

彼恰的马嘶叫了一声，害怕得稍微跳了一跳，彼恰的心里也不禁恐慌起来。

可是，队长却从从容容，一点儿都不害怕，他照刚才的速度——既没有加快也没有减慢马的速度，大模大样地走近哨兵那儿去。

延伸思考

【对比描写】通过对比描写队长与彼恰面对敌军士兵盘问时不同的反应，显示出队长的勇敢机智。

“告诉我，热拉尔上校在这里吗？”队长信口雌黄地问着哨兵。

什么热拉尔或哈拉尔上校，老子根本不管这些事——哨兵不理睬，只接着问：

“你们属于哪一队，口令呢？”哨兵无论如何总不让路。

延伸思考

【语言描写】通过描写法军哨兵依然不依不饶地盘问的情形，烘托了一种紧张危险的气氛。

“怎么？什么口令？”队长威风地大声叫道，“长官在巡逻战线的时候，哨兵要问口令，到底是怎么一回事？我只是问热拉尔上校有没有在这里，你还啰唆什么？”队长气势汹汹地说着，不管三七二十一，朝着哨兵站的地方策马驰了过去。

哨兵看见队长来势汹汹，害怕自己被马踢死，连忙让路。

队长带着彼恰头也不回地一直往村中飞驰进去。哨兵没有从他们后面追来。

队长在地主的住宅门前下了马，将马交给从里面走出来的法国兵，派头十足地走近正燃烧得很旺盛的营火那边。彼恰跟在他后面，一切都学着队长的样子。

法国的军官们，用铁制的钳子夹着马肉放在火上烤着，或把铁帽子当作锅子，不知在烧些什么东西。

“好冷，让我烤烤火吧！”队长说着，坐在围成圆形的他们中间。

延伸思考

【语言和动作描写】队长轻松的语言，以及坐在法军中间的动作，显示出队长的勇敢。

彼恰站在队长背后，他很仔细地留意着，尽量不让自己的脸被营火的火光照出来。

“克丽曼吗？你如果以晚饭为目标而来，那已经太迟了。这里所有的食物都分配好了，再也没有你的份了。”

有一个法国军官这样向哥萨克队长说。但他立刻发现自己看错了人，赶忙住了口，脸上尴尬万分。

“这两个家伙到底是谁？”

法国的军官个个都以厌烦而怀疑的目光观察队长和彼恰。

彼恰害怕得很，他很想立刻离开这里……

队长向法军的军官们说明：他们是第六骑兵队的军官，出来当前哨期间，跟本队失去联络，所以寻找到这里来。

谁都不回答他，可怕的沉默延续着。

“在你们这里，俄罗斯的游击队怎么样？”队长竟连这些话也讲出来。

刚才误叫队长为克丽曼的那个军官，气愤地回答他说：“游击队？他们在哪里都有，无孔不入呢！”

队长自袋子里掏出烟斗来，一边抽着烟，一边聊着说：“像他俩那样的落伍者才有被俄罗斯游击队袭击的可能；但像他们这种大部队，就用不着担心了，真是羡慕之至！”然后，他又不客气地问：这个部队的编制怎么样？抓到的俄罗斯俘虏有多少等问题。

延伸思考

【情景描写】通过描写队长勇敢机智地与法军谈话来套取情报的情景，显示出队长的有勇有谋。

彼恰在一旁听着，忐忑不安，他对于这个队长的大胆，暗自惊叹着。

“这个时候要处理那些俘虏，实在也讨厌得很。如果是马匹，就能够把它们宰掉，吃它们的肉呢！哈哈哈哈哈……”队长高声大笑着，然后站了起来。

法国的军官们默默无语，用不高兴的表情目送着队长，但却没有一个人怪他，或怀疑他俩的行动。

一个法国兵牵过他们的马来。当彼恰要跨上马的刹那间，有一种无可比喻的感觉涌上来——法军会不会看出破绽，突然射击他们？这种不安笼罩在彼恰的脑海中，他感到自己几乎快窒息了，哪里还敢回头看看后面呢！

延伸思考

【心理描写】通过描写在离开法军队伍时彼恰的心理活动，流露出彼恰紧张不安的状态。

走出了地主家的门，直到置身在黑暗中时，彼恰才出声叹息着。

可是，队长不打算就这样回去。他骑着马在村中四处奔驰着，在某些地方竖着耳朵留意听周围的动静，有时拉着过路的法国兵问东问西，想多获得一些情报。

队长和彼恰终于打听清楚：俄罗斯的俘虏被关在地主家后院的仓库里。

他们打听清楚村中的情形以后，再度回到刚才的土桥那里。

哨兵再也不说什么。

这样，队长和彼恰完成了任务，平安无事地到达了河边。

彼恰的心里感慨万千。他起初以为队长是个骄傲的家伙，现在眼见着队长种种了不起的行动，内心感到无比的尊敬。

“队长，您是多么了不起的英雄哟！我真敬爱您。队长，真的，我非常崇拜您！我们所经过的，的确是惊心动魄的冒险，我终生也忘不了……”彼恰说着，将队长的手握得紧紧的。

延伸思考

【语言描写】通过描写彼恰完成任务后对队长所说的话，流露出彼恰对队长勇敢机智的敬佩之情。

“好吧，好吧，我们早点儿回去，休息一会儿再说。”队长像哄小孩一般地说着，挣脱了彼恰的手，从河边奔驰

了下去。

黎明的时候，以一声枪声为信号，俄罗斯游击队的突袭建立了奇功。

一队游击队从村落后面的林间突出，哥萨克骑兵过了河从前面袭来，一会儿工夫，便一起攻进村中。

出乎意料的遭遇袭击，而且是受到两面的夹击，法军部队一时手忙脚乱，来不及抵抗，只得全部向俄罗斯军投降了。

俄罗斯的俘虏全部平安地被救出来。

俘虏们从被关的仓库里跳了出来，互相拥抱着，互相拍着肩膀，手舞足蹈。在他们里面，可以看到个子高大的皮埃尔。为了多日没有饱餐过的俘虏们，游击队员在地主家的院子里拿出了好几个大锅来，煮了几大锅热乎乎的稀饭。

延伸思考

【情景描写】通过描写俘虏们得救后的情景，流露出他们重获新生后无比激动的状态。

俘虏们团团地围在大锅旁边，各自拿着自己做的汤匙，从大锅里盛着稀饭贪婪地吃着。

正在这个时候，游击队员运来了一具尸体——一位战死的见习军官，放到他们的旁边。

俘虏们看见了，立刻停止吃东西，垂下头画了个十字。

他也学同伴们画完了十字，一边在心里想：多年轻的人，真可怜……一边抬起头来。刹那间，他禁不住惊叫了起来：

“哦！他不是彼恰吗？”

不错，那是彼恰的尸体。

当彼恰和哥萨克游击队攻进村落的时候，他精神抖擞，连队长的阻止都不听，站在哥萨克队伍的最前锋，第一个攻入地主家。那时候，有一颗子弹不幸打穿了他的头……

延伸思考

【交代说明】通过交代说明彼恰牺牲的具体经过，让读者为彼恰的勇敢敬佩，更让读者为彼恰的无畏牺牲而惋惜。

队长跑过来的时候，彼恰的身躯已横倒在白雪上了，他那满带稚气的脸上，浮现着满足的微笑。

名家点评

彼恰奉命联络俄罗斯游击队去伏击法军队伍，彼恰违抗司令官嘱咐而参战，结果不幸牺牲，但皮埃尔得救了。

拓展训练

1. 司令官安排彼恰去完成什么任务？
2. 队长是如何获取到有效情报的？
3. 在战斗中彼恰是如何牺牲的？

祸不单行

名家导读

玛丽亚和罗斯托夫一家生活在一起了，当他们得知了彼恰战死的消息后会怎么样呢？

玛丽亚自哥哥安德烈公爵逝世后，仍跟罗斯托夫伯爵一家人住在一起，她暂时受到他们一家人的照料。

渐渐地，连她们所住的小镇，也听到法军在各地被打败甚至被消灭掉和莫斯科正在重建的好消息。

而且，他们也打听清楚：在莫斯科的安德烈公爵住宅幸免火灾。所以，玛丽亚打算到莫斯科去看看情形。

玛丽亚邀请娜塔莎同去。

娜塔莎因悲伤过度，并且为看护安德烈公爵而累坏了身体，已瘦弱得不成人形，常常发高烧。再加上她们寄居的小镇里，并没有可信托的“高明医生”，所以她们也觉得还是回莫斯科对于任何事情都比较方便。

延伸思考

【情景描写】通过描写娜塔莎经历安德烈公爵去世的打击后日趋消瘦的情景，显示出娜塔莎身心的双重憔悴。

伯爵夫妇对于娜塔莎的莫斯科之行表示赞同。自从安德烈公爵去世以后，娜塔莎几乎只把玛丽亚一个人当作知己。如果玛丽亚一走，娜塔莎会变得更孤独更寂寞，这是伯爵夫妇最担心的一件事。

玛丽亚和娜塔莎两个人，现在像亲姊妹一样，互相勉励着。

娜塔莎虽然在爱情上曾背叛安德烈公爵，但玛丽亚已亲眼看见娜塔莎废寝忘食地看护自己的哥哥，她不但忘掉过去对娜塔莎的厌恶，还惭愧自己当初看错了人。

当玛丽亚和娜塔莎准备就绪正要出发的时候，意料不到的噩耗传来了，那就是彼恰战死的消息。因此，举家都沉浸在悲伤中。

从那一天起，伯爵夫人因哀伤过度，像患了重病的人一样，不再走出她的房间一步，整天把自己关在房里，独自伤心着，除娜塔莎一个人以外，她不让任何人接近她的身边。她好像时常看见彼恰的幻影，不断地说着梦呓：

延伸思考

【情景描写】通过描写伯爵夫人听闻彼恰战死的噩耗后的情景，流露出夫人伤心欲绝、痛不欲生的精神状态。

“乖孩子，你回来了？大概很累了吧？你要不要喝茶呢？咦，你板起面孔，装出那么认真的样子干什么？真是奇怪的孩子！……”伯爵夫人说后，从床上爬起来，睁开蒙眬的眼睛，发出令人毛骨悚然的笑声。

娜塔莎把自己的身体贴近着母亲，用温柔的声音安慰着：

“妈妈！亲爱的妈妈，我——娜塔莎在这里。请你宽心，清醒一下吧，妈妈！”

“噢，你是娜塔莎。那么，彼恰是死了，再也不能回来了！嗳！我苦命的孩子，我的心肝，你怎么走得那么早呢？呜呜……”夫人说着，像小孩那样号啕大哭起来。

这种情形，夫人每天都发作好几次，药物也对她无效。

差不多已三个星期了，娜塔莎都睡在母亲房间里的沙发椅上，昼夜看护母亲，侍奉她吃喝。

延伸思考

【交代说明】通过交代娜塔莎尽心尽力照顾母亲的情景，显示出娜塔莎对母亲深深的孝心。

罗斯托夫伯爵和索妮亚担心娜塔莎的身体，怕她无法再支持下去，他们都想代替她看护伯爵夫人，但伯爵夫人一看见娜塔莎不在眼前，就立刻像疯妇一般地乱嚷乱叫。

过了一个月，伯爵夫人苍老多了，变成一个失掉生活乐趣的老太婆。

玛丽亚再三把出发的日期延长着，她虽然担心伯爵夫人的健康，但对于日夜不断看护着夫人的娜塔莎，她更感到不放心。

在娜塔莎的劝慰中，夫人渐渐地康复了。等到用不着娜塔莎照料的时候，娜塔莎却已精疲力竭，而且变得骨瘦如柴了。这一次是娜塔莎自己变成病人了。

玛丽亚带着生病的娜塔莎，比原来计划的日子迟一个月出发往莫斯科去。同时，伯爵夫妇也决定，等夫人的身体更好一点儿，他们也要回莫斯科。

名家点评

因为照顾安德烈公爵的辛苦以及安德烈公爵去世的打击，娜塔莎身心憔悴；彼恰战死的噩耗让伯爵一家雪上加霜，伯爵夫人痛不欲生。

拓展训练

1. 娜塔莎的健康状况如何？

2. 玛丽亚打算带着娜塔莎去哪里？

3. 听闻彼恰战死的噩耗后，伯爵夫人怎么了？

怀念的人们

名家导读

重获自由的皮埃尔知道了爱伦病逝的消息，但他更关心罗斯托夫一家的消息，终于，他见到了玛丽亚和娜塔莎，他们之间会有怎样的一番谈话呢？

皮埃尔恢复自由以后，听到许多新闻，都是在他过俘虏生活的时候所发生的。其中连做梦也想不到而使他最震惊的，是妻子爱伦因患急病已经离开人间了。

皮埃尔要到博罗季诺参加会战以前，爱伦从莫斯科到彼得堡去。她在那里极受人们的欢迎，仍然过着豪华奢侈的生活。有一个晚上，她突然感到不舒服起来，连患什么病都没有弄清楚就死去了。

爱伦生病的那天，反常地请了一位陌生的医生到她家里去看病。爱伦平日生病都由家庭特约医生诊治，这次生病反而请这位医生来，使大家都有点儿不解。

从这件事推断，爱伦的病情一定有不可告人的秘密。据说她已怀孕，但并不是皮埃尔的孩子，所以社交界对她的夭亡，是不大同情的。

延伸思考

【推测说明】通过推测爱伦死亡的真实原因，表现了爱伦不守妇道、自食其果的可悲下场。

皮埃尔早已知悉自己的妻子是个淫荡的女人，这种事情很有发生的可能，但当亲朋们向他慰问的时候，皮埃尔却回答他们道：

“她也是一个可怜的女人，她落到那样的下场，当然是自作自受，但我也多多少少要负点儿责任……”

皮埃尔回到莫斯科以后，有一段时间，认识他的人都争先恐后地拉他到他们家里去散心。

这是因为大家都很想听听皮埃尔在法军中的一段俘虏生活的情形，譬如被捕前的冒险以及囚禁中的痛苦等。但皮埃尔心中最惦念的是关于罗斯托夫伯爵家的消息，却没有一个人可以告诉他。这是因为大家都不晓得他们一家人的行踪。

不过，安德烈公爵的妹妹——玛丽亚回到莫斯科的消息，慢慢地传进皮埃尔的耳朵里来。

皮埃尔立刻去拜访玛丽亚。

延伸思考

【情景描写】通过描写皮埃尔见到玛丽亚和娜塔莎时没有认出娜塔莎的情景，侧面反映出娜塔莎变化之大。

当皮埃尔被带进客厅时，他看到在玛丽亚的旁边坐着一位脸色苍白、身材瘦削的年轻姑娘。这位小姐大概是玛丽亚的熟人，跟我一样来拜访玛丽亚吧？——皮埃尔想着，并不留意那位小姐，便开始讲述离别以来的许多遭遇。

皮埃尔以热烈而急促口吻谈起他在博罗季诺碰见安德烈公爵……最后被游击队救出来的经过。

可是，当皮埃尔的谈话跟罗斯托夫伯爵家有关联的时候，玛丽亚立刻露出迷惑的表情，而且那种表情越来越明显。后来，当皮埃尔说出了彼恰的名字时，玛丽亚禁不住指着坐在身旁的姑娘问：

“皮埃尔，你真的没有发觉吗？”

皮埃尔被她一提醒，就仔细地望着他一直认为只是玛丽亚的熟人的那位姑娘。

延伸思考

【神态描写】通过描写皮埃尔突然认出来娜塔莎后的神态，流露出他竟然没能认出日思夜想的娜塔莎的羞愧之情。

这时候，坐在玛丽亚旁边静听着的几乎毫无表情的那位姑娘的脸上，才浮现出淡淡的微笑。皮埃尔从那位姑娘的微笑里，发觉她不是别人，正是自己日夜思念的娜塔莎。

“噢！”

皮埃尔喊了一声，便呆若木鸡地站着，脸也渐渐红了起来。

他这种举动使玛丽亚感到不胜迷惑。他看到娜塔莎在

这里，为什么会脸红呢？难道他对她有意思吗？

皮埃尔没有看出是娜塔莎，是因为他做梦也想不到会在这里遇见娜塔莎。而且娜塔莎的容貌屡经折磨，也改变了许多，跟以前的她，好像换了一个人似的。

娜塔莎向皮埃尔述说：自从她跟受重伤的安德烈公爵再次见面以后，由于衷心对他谢罪及不眠不休地看护他，心里的歉疚才好像稍微平复了一点儿。这席话使皮埃尔更觉得娜塔莎值得怜爱，无形中更增加了对她的倾慕。

延伸思考

【交代说明】通过交代皮埃尔听闻娜塔莎变得如此憔悴的原因后的态度，流露出皮埃尔对娜塔莎更进一步的爱恋。

三个人直到深夜，还兴高采烈地聊着天。

皮埃尔终于依依不舍地告别了，当他离开她们以后，玛丽亚温柔地搂着娜塔莎说：

“娜塔莎，你知道吗？皮埃尔多么爱你！自从你告诉我皮埃尔的事情起，我就猜到他对你有意思，但我没有想到他是那么深深地爱着你……

“我哥哥已经不在人间了。你如果跟皮埃尔那样的好人结婚，我哥哥在九泉之下也一定会高兴的。亲爱的娜塔莎，请你别再拘泥，接受皮埃尔的爱情吧！”

娜塔莎虽然没回答什么，可是她苍白的脸上已泛出红晕，她的身心似乎反映出活在这个世上的喜悦和光辉。

名家点评

劫后余生的皮埃尔终于见到了玛丽亚和日思夜想的娜塔莎，玛丽亚也极力撮合娜塔莎与皮埃尔的爱情。

拓展训练

1. 皮埃尔的妻子爱伦是因何而死的？

2. 皮埃尔在会见玛丽亚时遇见了谁？

3. 玛丽亚对娜塔莎与皮埃尔的爱情持何态度？

真正的爱

名家导读

皮埃尔经常去玛丽亚家拜访，为的是可以多见到娜塔莎，不知道皮埃尔最终是否有勇气表白呢？

彼得堡的社交界也邀请皮埃尔去。

这个时候，俄罗斯全国上下正处于庆祝胜利的欢乐中。亚历山大皇帝也听说皮埃尔曾被法军所俘，过着艰辛的生活。皇帝想召见皮埃尔，听皮埃尔亲自给他报告被俘虏的经过和做俘虏的情形。皮埃尔接到圣旨后，回报说自己在短时间内就要去晋谒皇帝。

可是，当他跟娜塔莎重逢以后，就把彼得堡之行一天又一天地拖延了下去。

延伸思考

【对比说明】面对皇帝的召见，皮埃尔却一拖再拖，原来是他想多和娜塔莎在一起，通过对比描写，流露出皮埃尔对娜塔莎深深的爱恋。

他每天到玛丽亚家去拜访，一直逗留到玛丽亚和娜塔莎要回寝室休息时才离去。虽然他自己也觉得不好意思，但非到离开不可的时候，他是不想站起来的。

现在，皮埃尔连跟她们谈话的资料都没有了，但他觉得能跟她们默默对坐着也感到很幸福，所以他把所能利用的时间都利用了。换句话说，就是他能跟她们多相处一分钟，就多获得一分钟的幸福。

这样几天过去了。有一天晚上，娜塔莎说她头痛，一个人到寝室去休息了，客厅里仅留着皮埃尔和玛丽亚。“玛丽亚小姐，”皮埃尔轻握着她的手，郑重其事地说，“我有一件事必须跟你谈谈，同时，也想请你帮忙……”

玛丽亚似乎已猜到皮埃尔想讲的是什么话，她用诚恳的目光看着皮埃尔说：

“请你讲吧！说实在话，我也有一件事想跟你谈呢！”

皮埃尔滔滔不绝地讲下去：

“我不知道从什么时候起爱上她了。在我一生之中，爱上的只有她一个人。真的，我爱上的只有她，没有她在一起的生活，我实在不敢想象。我是那么深深地爱着她！

延伸思考

【语言描写】皮埃尔终于将他的爱情表白了，期望他能获得美满的爱情，为他们祝福。

“现在，也许是不该说这件事的时候。她刚跟安德烈公爵告别，我也失掉了爱伦，我们都是正在服丧中的人。可是，我觉得我现在如果不向她讲明这事，似乎会永远失掉机会。玛丽亚小姐，不知道娜塔莎肯不肯接受我的爱情，有没有这种可能……”

皮埃尔说到这里，玛丽亚以沉着、坚定的口气回答他：

“有，有这种可能。我想娜塔莎也在爱着你！不，她一定会爱你的，我坚信不疑……”

“真的吗？你真的这样想吗？”皮埃尔高兴得跳了起来，“啊，我多么幸福呀！”他说着，发疯般地紧握着玛丽亚的双手。

延伸思考

【语言与动作描写】通过描写皮埃尔听闻玛丽亚肯定地答复后的语言与动作，流露出他激动不已的心情。

接着，皮埃尔跟玛丽亚商量要用什么方法向娜塔莎表示爱意较好。

结果，两人都认为由皮埃尔先写信给罗斯托夫伯爵夫妇，请他们准许把女儿嫁给他。至于娜塔莎这边，由玛丽亚找机会说服她。

在那个期间内，皮埃尔决定往彼得堡去，这是玛丽亚为他出的主意。

“咦！要我到彼得堡去？好的，我就去吧。但是，我明天可以再来一次吗？”

“当然可以！”玛丽亚笑着说。

当天晚上，皮埃尔心境开朗、喜形于色地告辞回去了。

娜塔莎从玛丽亚留在客厅跟皮埃尔谈话这事揣测，已

经察觉到他们所谈的是什么。

娜塔莎等着玛丽亚一进寝室，便问：

“他讲了吧？亲爱的玛丽亚，他讲了吧？”

娜塔莎这时的表情是很复杂的。她一边感到兴奋，一边却觉得难为情，她似乎在请求玛丽亚宽恕她高兴的样子。

延伸思考

【神态描写】娜塔莎此时此刻的神情，流露她内心掩饰不住的期待与兴奋，还有一丝羞涩。

玛丽亚点点头。

“亲爱的玛丽亚，我到底怎么办才好呢？请你教我，好吗？我真怕自己又要变成坏的女人，真是怕极了！只要你说的，我都听从你，请你发发慈悲，教教我……”娜塔莎说着，伤心地流着眼泪，然后以感慨万分的口吻说，“我如果做他的妻子，而你如果嫁给我哥哥尼古拉，成为我嫂子，那么我们不知有多好、多幸福呢！”

“娜塔莎，请你别讲那种话，我不是早就拜托你别提我的事情吗？”玛丽亚说后，拉着娜塔莎的手，彼此对视了一会儿，禁不住微笑着。

名家点评

皮埃尔终于道出了自己爱恋娜塔莎的心声，请求玛丽亚帮忙撮合，娜塔莎也表达了自己对皮埃尔的爱恋。

拓展训练

1. 皇帝为何要召见皮埃尔？

2. 皮埃尔请求玛丽亚帮什么忙？

3. 娜塔莎对皮埃尔的爱情表白持何态度？

生与死

名家导读

皮埃尔和娜塔莎终于结婚了，不久伯爵病逝了，巨大的债务，让伯爵一家陷入危机。

皮埃尔和娜塔莎不久便结婚了。这是罗斯托夫伯爵在人间所看到的最后一件喜事。伯爵夫妇要使娜塔莎不愧为出身名门的大家闺秀，所以对于准备她的嫁妆，花费了不少心血。

尤其罗斯托夫伯爵是最起劲的一个。

伯爵对于婚宴中的每一道菜，都经过一番考虑才决定。那天他在宴席上兴高采烈地招待宾客们，把他好久没有使出来的“乐天贵族”的作风再度表演了出来。

然而，伯爵现在的举止所显露的，是近乎回光返照的现象。他像快要燃尽的蜡烛，在最后的瞬间特别亮了一下。

> 延伸思考
>
> 【比喻手法】通过比喻修辞手法的运用，预示出伯爵即将走完人生的最后旅程的结局。

皮埃尔和娜塔莎出去蜜月旅行以后，伯爵因受凉感冒，竟卧倒床上，从此便一病不起了。

不到一年的工夫，从莫斯科的逃难、安德烈公爵的死、彼恰的死、伯爵夫人的绝望等，一连串的灾祸接二连三地降临到罗斯托夫伯爵身上，他被搞得焦头烂额，身心疲惫。而且，他想挽救家庭经济危机的计划一直无法进行，逃难时又被烧去了莫斯科的大住宅，这次的损失大到无法弥补的程度。

伯爵自卧病以后，人像瘫痪了一般。他对于家道中落的不幸，自己认为要负很大的责任，因此再三向伯爵夫人说：

延伸思考

【语言描写】伯爵病重中的遗言描写，流露出他对一家人深深的愧疚和自责之情。

“我把家产搞得一塌糊涂，真对不起你和尼古拉……”

这样，伯爵躺了差不多两个星期，没有什么激烈的痛苦，终于在莫斯科所租的房子里去世了。

晚上，来为伯爵守灵的亲戚朋友们都异口同声地称赞死去的伯爵：

“真的，他的确是个好人！今后，不容易见到像他这样古道热肠的人了。在这个社会上，他真是罕见的好人……”

尼古拉那时随军进驻法国的巴黎，他接到父亲去世的噩耗，立刻请假连夜赶回祖国来奔丧。

伯爵去世一个月以后，尼古拉便开始清理他所有的财产。结果，发现他们所负的债务，即便把现存的财产全部出售，也无法偿清。

依据法律规定：尼古拉有拒绝继承父亲遗产的权利。那么，他就不必偿还父亲的债务了。尼古拉的朋友们都劝他这样做。

延伸思考

【交代说明】通过交代尼古拉面对债务的选择，显示出尼古拉有责任、能担当的高尚品格。

可是，尼古拉不愿意让父亲的名誉扫地，被社会人士传为笑话，有辱罗斯托夫家的名望，因此他自告奋勇地把父亲的债务承担起来。

从此，他们的田庄以及所有的地皮都被拍卖了。许多佣人也都被解雇了。然后，尼古拉把家搬到比父亲去世时租的房子更小的屋子去，以减少房租的负担。

尼古拉不得不退出他所喜欢的军队，因为伯爵夫人不肯让他再置身军界，她不愿意仅存的长子再去冒生命的危险。

尼古拉为了服从母命，便脱离军人生活，在市政府谋到一个职务。从此以后，仅靠着微薄的薪水维持母亲和索妮亚的生活费用，因为他再也找不出更好的办法来。

这种穷困的新生活使尼古拉精神上受到双重的折磨：一则他自己要节省开支以维持生活；二则他在母亲面前必须隐瞒他们的穷苦。

伯爵夫人何尝不知道她们家庭经济崩溃以后是一文不名呢？但她一直生活在优裕的环境里，享受惯了，要她立刻适应新的环境谈何容易。

延伸思考

【交代说明】真是应了那句古语：由俭入奢易，由奢入俭难。看来尼古拉要更加不易了。

从尼古拉方面讲，想到年高的老母已是白发斑斑，在茫茫人海中不知道还能活多久，再说父亲去世、妹妹出阁、佣人解雇，目前家里已是一片凄凉，老人家朝朝暮暮总是愁眉不展，如不再尽可能顺着她的意思使她过得舒服些，更感到于心不安。所以他尽可能不把真实的情形告诉她。

伯爵夫人为了解除烦恼，常招呼她的一些老朋友来家里聊天，她一时又摆脱不了旧日的习惯，还要准备马车接送客人，否则就感到太失体面。现在，他们已经没有自用马车，伯爵夫人要招待客人，尼古拉不得不出钱去雇车子。

至于吃东西时，夫人也有她的怪脾气：尼古拉和索妮亚如果没有跟她吃同样的东西，她就说她一个人吃不好吃……

延伸思考

【举例说明】通过列举伯爵夫人依然奢侈，不知节俭的事例，更加加重了家庭的经济负担。

伯爵夫人还喜欢送礼物。她对于尼古拉、娜塔莎、索妮亚三个人，常送些她自己看中意的东西，为了要买这些东西，她当然得向尼古拉要钱。

尼古拉把自己一半以上的薪水给母亲买这些高贵的东西。母亲送给他非生活需要品，他还要装作高兴的样子，向母亲道谢。

结婚后，娜塔莎跟皮埃尔住在彼得堡，沉醉在甜蜜的新婚里，哪里会想到尼古拉正过着这样穷困的生活。

尼古拉自巴黎回来清理财产的时候，曾向皮埃尔借过三万五千卢布，作为清偿债务之用。但是皮埃尔夫妇认为：这些钱足可以应付尼古拉他们的燃眉之急了，因而很觉放心。

尼古拉和娜塔莎虽然是兄妹，但他却尽可能地不愿意把他们拮据的经济状况告诉妹妹，何况他觉得借的钱还没有还，怎么再向妹夫请求援助呢！

在这穷苦潦倒的生活中，能为尼古拉助一臂之力的还是索妮亚。

索妮亚帮助尼古拉料理家务，对于家庭的一切开支都费过一番心思。

伯爵夫人还是爱说风凉话，而且多半是说给索妮亚听的。因此，尼古拉真不知道如何向索妮亚道歉才好。他这时对她仅是友谊和感激，绝没有爱情的存在了。

原因很简单，他不愿意为了这桩事使母亲不高兴，因为万一他跟她旧情复燃，将会使母亲增加莫大的苦恼。所以他虽然一面温柔体贴地对待索妮亚，但另一面却尽可能地疏远索妮亚，他的内心是多么矛盾啊！

延伸思考

【对比描写】索妮亚任劳任怨，为伯爵一家而操劳，但伯爵夫人对她讽刺挖苦，索妮亚好可怜。

名家点评

伯爵一家有喜有忧，喜的是娜塔莎结婚了；忧的是伯爵因病去世了，债务累累，尼古拉被迫退役回家，照顾家人。

拓展训练

1. 众人对伯爵评价如何？

2. 面对巨大的债务，尼古拉做何决定？

3. 尼古拉退役后靠何谋生？

天定良缘

名家导读

尼古拉贫困的处境深深地牵动着玛丽亚的心，不知道这对相爱的恋人能否走到一起？

尼古拉为了母亲——伯爵夫人，尽量克制自己，过着清苦的日子。他这种生活，旁观者看得很清楚，所以老朋友和亲戚们暗地里都同情尼古拉的遭遇。

尤其是玛丽亚，听到这个消息后更是坐立不安。

“他那么穷困，怎么连一点儿都不跟我讲呢？”玛丽亚再三地猜想着，失望之余，她觉得尼古拉太不够朋友了。

实际上，自从罗斯托夫伯爵去世后，尼古拉跟玛丽亚虽然都住在莫斯科，但尼古拉不但没有来看过她，就连一封信也不曾寄给她。

“他现在是一家之主了，又在市政府做事情，公私都很忙碌，难怪他没有时间来看我……”玛丽亚起初为尼古拉这样想着。但她反复思索后渐渐领悟了，她伤心地告诉自己：“他早就把我忘得一干二净了。”

延伸思考

【心理描写】通过描写玛丽亚的内心独白，流露出她对尼古拉的思念以及担心尼古拉变心的忧虑。

玛丽亚感到空虚寂寞，心底下总不能忘却旧情，但她又能怎么办呢？有时候她很想去看他，却又觉得自己是闺中小姐，这样做会被人看轻，她的自尊心不许她这么做。

可是他们如果这样下去——尼古拉固执地维持沉默，她也不肯去将就他，他们过去的一份感情将会因疏远而渐渐断绝的。

有一天，玛丽亚终于下了决心，到尼古拉的新居去拜访他们。

延伸思考

【心理描写】玛丽亚终于说服了自己去主动探寻尼古拉的想法，但是不知道结果能否如人愿？

“我不是去见他，不是他……我要去探望过去待我十分亲切的他的母亲，我好久没有见到她了，这次要好好地安慰她……”玛丽亚找到借口说服了自己。

玛丽亚去拜访的那天，正好尼古拉在家，他迎接玛丽亚进去后，立刻领她到母亲的房间去。可是，只陪她谈了还不到五分钟的话，便匆匆地离开了。

伯爵夫人看到玛丽亚来访，高兴得眉开眼笑、手舞足蹈，好像她的一切烦恼将因此一扫而光一样。但玛丽亚却后悔她这次的拜访。因为她没有料到她心爱的尼古拉竟会对她如此冷淡，她觉得尼古拉看到她不但态度冷淡，甚至好像感到厌烦的样子，这真使她受不了。

延伸思考

【心情描写】去尼古拉家拜访时，尼古拉冷淡的态度让玛丽亚心情郁闷，失望至极。

此后，玛丽亚觉得她跟尼古拉之间比以前离得更远了。当她离开他家的时候，她的芳心碎了。

玛丽亚回家以后，心事重重，昼思夜想总不能忘怀尼古拉。

尼克拉怎么会变成这样子呢？——玛丽亚想来猜去，总是无法了解其中的原因。

难道我过去有什么事情得罪了尼古拉，使他感到不痛快吗？——玛丽亚无论怎么想，总是想不出自己曾犯了什么错误。

玛丽亚拜访尼古拉以后，大约四五天的光景吧，尼古拉到玛丽亚家回访了。当尼古拉走进客厅时，玛丽亚望了他一眼，立刻就领悟出尼古拉此来不过是社交上的礼节，来回拜一下罢了。

客套的、拘束的谈话，使他们越谈越乏味。尼古拉很快地向她告辞，临走时，他拉着玛丽亚的手吻了一下。

——啊，我跟他之间的感情就这样完了。尼古拉不把他痛苦的情形实实在在地告诉我，我对他不幸的境遇也无能为力……唉，这是多么悲哀的事哟……

玛丽亚这种哀伤的心情表露在脸上，使尼古拉刚硬的心软化了，他感到万分抱歉地向她说：

“玛丽亚小姐，我们第一次的见面仿佛还是昨天的事情。但从那时起，中间已经经过了多少变化，是不是？当时，我就觉得活在这个世界上是很痛苦的，可是现在回想起来，那才是可贵的生活，无忧无虑而且快乐幸福哟！这种美好的时光，永不再回来了，让我们留着回味吧！如今我常常想起往事，真是不堪回首……”

“是的，你说得很对！”玛丽亚点点头，“对于你牺牲了自己，过着不如意的生活，我衷心地同情你。你大概感到很痛苦吧？可是，你对我为什么一点儿都不提起呢？为什么变得这样客气？为什么要变？……”玛丽亚一边流着眼泪，一边勉强地说出这些话来。

延伸思考

【语言描写】玛丽亚对尼古拉的一系列的追问，表达了她对尼古拉的一丝抱怨。

尼古拉听了很受感动，回答她道：

“是的，我也许变了。可是那是有种种原因的……”

“尼古拉，请你把那些原因告诉我，一定要告诉我好吗？”玛丽亚问到这里，用不着尼古拉回答，她也渐渐明白尼古拉所说的那些原因。

——是的，是因为他现在贫穷，而我有钱，所以不愿理我。原因只是这一点，该不会再有别的吧！

延伸思考

【心理描写】通过描写玛丽亚的内心想法，表达了她对尼古拉为何对她冷淡的原因的推测。

玛丽亚领悟后，继续讲下去：

“我心里很难过，不知道你为什么要跟我断绝来往，连我们之间的友谊都不允许存在……这使我很伤心……你知道我从小没有母亲，父亲和哥哥又撇下我而去了，这是命运的安排，我很难过。所以现在我不能再失掉任何东西，尤其是情感。对不起，尼古拉，恕我说得太多了，原谅我吧！我要失陪了……”

玛丽亚说完了话，“哇”的一声哭了出来，急匆匆地想离开客厅。正在这个时候，她听到：

“玛丽亚，请你稍等一下！”

延伸思考

【情景描写】通过描写两人紧紧拥抱的情景，两人终于解开了心结，走到了一起，这让读者很是欣慰。

那是尼古拉叫她的声音。

玛丽亚不觉站住了。

他们两人默默无语，互相凝视着对方。几秒钟后，突然都向对方跑过去，彼此紧紧地搂抱着。

“玛丽亚，请你原谅我。环境使我变成一个自卑的人。我没有想到你那样关切我、想念我……实际上，我很早以前就爱着你……”尼古拉快活地说着，他从心底里明朗起来。

那一年的秋天，尼古拉终于和玛丽亚结婚了，他们带着伯爵夫人和索妮亚，搬到了老公爵遗留下来的玛丽亚的田庄。

名家点评

尼古拉的艰难处境让玛丽亚很是担心，在经过一番波折之后，两人终于解开心结，走到了一起。

拓展训练

1. 玛丽亚知道尼古拉的处境后，心情如何？
2. 玛丽亚决定怎样与尼古拉见面？
3. 尼古拉为什么冷落玛丽亚？

坏掉的戒指

名家导读

婚后的尼古拉，专注于农事管理，他关注农奴的生活，平易近人的作风，使得农庄的财富越来越多。

尼古拉一家人来到玛丽亚的田庄以后，一家人处得很融洽。尼古拉便开始监督农奴做耕田工作。

对于这种工作，尼古拉起初觉得很陌生，但不多久他便对这个新的工作发生了浓厚的兴趣，而且很起劲地干起来。

尼古拉起初并不重视那些愚昧无知的农奴，但他跟他们一接触，渐渐地发现了他们的长处，才知道他们所做的是了不起的工作。

农奴们的外表虽然看起来有些木讷，但他们的脑筋却非常灵活，关于田里耕种的事情，他们什么都知道。

尼古拉如果以庄主的身份行使他的权威，农奴们在表面上都不敢反抗。但是尼古拉知道：如果违反了农奴们的意志，结果对自己一点儿好处都没有——将会直接影响农作物的收成。

延伸思考

【观点说明】通过说明尼古拉对如何与农奴相处的观点，为下文中尼古拉关心农奴生活的作风做了铺垫。

尼古拉尽可能地亲近农奴，研究他们的思想，探索他们需要些什么。

那时，英国等先进国家在农业方面尽量采用机械，所谓“机械化农业”逐渐流行了。俄罗斯的大地主们也学这种时髦，争先恐后地从国外购入英国制的农业机械和化学肥料。

可是尼古拉认为：要用巨款去购买这类东西来增加生产，不如先设法改善农奴们的生活，使他们忠于工作比较要紧。

延伸思考

【观点说明】通过交代尼古拉对待西方工业文明的态度。看来尼古拉还是一个比较保守的人。

尼古拉不断地巡视自己的田庄，看看农奴们的家里有没有人、他们所养的牲畜是不是能够顺利地长大……他很细心地留意这些事情，随时给他们指导。

他在选总管或领班的时候，总要物色有人缘、品德好、使农奴们钦佩的人物。如果被选出来的人做事有负众望，他就不客气地立刻免除那人的职务。尼古拉用人以工作需要为标准，不袒护谁，也不会特别排斥谁，对于成绩好的给予奖励，对于不好的予以处罚。

尼古拉经营田庄的方法虽然是老式的，但是他比别的庄主关心农奴的生活，所以他的田庄的收成每年都相当可观，使别的庄主都羡慕不已。因此，他在四年之后，就把他父亲遗留下来的债务全部还清了。

玛丽亚婚后一直过着很幸福的日子。尼古拉是一个标准的好丈夫，待她温柔亲切，两人相敬如宾。不觉几年过去了，他们已是有三个孩子的父母了。

延伸思考

【家境介绍】通过介绍玛丽亚和尼古拉一家生儿育女、其乐融融的幸福生活，真是让读者为之高兴。

只有一件事使玛丽亚感到遗憾：尼古拉时常要使出骑兵队长的脾气，把不顺从的农奴或佣人痛打一顿。

尼古拉每次打人都有正当的理由，比方农奴酗酒乱来，或偷人家的东西等不可原谅的行为。但是殴打人这件事，在笃信宗教的玛丽亚看来，是绝对不允许的。

尼古拉打人的时候，玛丽亚不愿意跟他讲话，总是一个人哭泣好久。

尼古拉起初感到很奇怪，但当他知道了玛丽亚为什么哭得那么伤心以后，却觉得她未免太小题大做了。

“殴打那些做坏事的农奴有什么值得惋惜……”尼古拉想着，甚至会生起气来。

可是日子一久，尼古拉也感到玛丽亚所说的比较有道理。对于做坏事的家伙也可以用嘴巴教训他们，让他们改过自新，纵使要处罚这些人，也应该用别的法子……尼古拉这样检讨着。

于是他向玛丽亚保证，并且发誓：以后不管他怎么生气，也不会再打人了。

有一次，尼古拉抑制不住愤怒，又痛打农奴，甚至把他们结婚时玛丽亚赠给他的猫眼石制的戒指也打坏了。

从那一次以后，尼古拉故意将那只坏掉的戒指戴在手上，碰到要发脾气的时候，就把视线移到那只戒指上，努力抑制着感情的发作。

延伸思考

【举例说明】

通过列举尼古拉拿戴着坏戒指来警告自己的行为，显示出尼古拉知错就改的坚定决心。

收成完了，到了农闲期，尼古拉常带着猎狗出去，只有这段期间，他似乎把玛丽亚和孩子们忘掉一般，好几天都在外面，不回家里来。因为他认为狩猎才是真正适合男人做的“神圣工作”。

不久，冬天来了。尼古拉利用俄罗斯那漫长的冬季，计划着下一年的农业措施；有时也在书房里集中精神读着从莫斯科、彼得堡订购的新书。

尼古拉除了喜欢农业方面的书以外，也爱看历史书。而且，他还有一种良好的习惯：对于自己所买的书，必定要从头到尾仔仔细细地阅读一番。

延伸思考

【举例说明】

通过描写尼古拉热爱读书的好习惯，显示出尼古拉积极上进、追求进步的一面。

尼古拉在读书的时候，神色庄严。不仅如此，他还感到很满足。

那时，住在乡下的贵族们大都以吃、喝来打发那漫长的冬天。所以，对于全神贯注读书的，简直被他们当作怪物呢！

住在乡间的贵族们也有他们的社交集团，可是尼古拉认为：要参加这些集会，还不如多接触农奴，听听他们的谈话来得有用……

换句话说，尼古拉已变成一个最认真农事的地主了。

尼古拉的财产一天天地增加了。他想要赎回被拍卖的自己的田地，现在已经不再是梦想了。

皮埃尔和娜塔莎每年都特地到尼古拉的家里来玩，每次都逗留很久才回去。尼古拉和玛丽亚也特意不到任何地方去，以表示格外欢迎皮埃尔夫妇的来访。

名家点评

婚后的尼古拉积极管理庄园，并且热爱读书，终于使得家境日益丰厚，得以还清债务。

拓展训练

1. 尼古拉对待机械化农业持何态度？

2. 尼古拉为何要戴着那颗坏戒指？

3. 尼古拉都喜欢读些什么书？

成为好妻子

名家导读

前文我们了解到了尼古拉和玛丽亚的婚后幸福生活，那么皮埃尔和娜塔莎他们一家现在的生活状态如何呢？

1820年——尼古拉和玛丽亚结婚的第七个年头的10月间，皮埃尔和娜塔莎又带着孩子们到尼古拉的家里来玩。

12月6日是尼古拉的命名日。根据俄罗斯的习惯，那一天必须庆祝一番，所以皮埃尔夫妇打算在那个盛会过去以后才回家里去，他们准备在尼古拉的家里逗留一段时间。

恰巧，11月初在彼得堡有一件事非皮埃尔回去处理不可。

皮埃尔现在已经是俄罗斯民主改革运动的指导者之一，他出了好几部书，是个名闻天下的大政治家。

延伸思考

【介绍说明】如今的皮埃尔已经成为一个热衷民主改革的大政治家了，这也应该离不开他曾经在法国、德国留学的经历的影响吧。

娜塔莎对皮埃尔这种工作有充分的了解，所以她对于皮埃尔要到彼得堡去的事不会表示不赞成。但她再三请求他：无论如何，务必在12月6日以前赶回来参加尼古拉的庆祝会。这用不着她说，皮埃尔自己也有这种打算的。

可是到了12月，皮埃尔并没有寄来什么消息。娜塔莎焦急不安起来，完全失掉平常那种沉着、冷静。

娜塔莎现在已是四个孩子的妈妈了。她现在跟小姐时

代完全不一样，身体丰满，变成一个结实的妇人。

因为她变得太厉害了，以前曾见过她的人，现在看见她都瞠目道：

“咦！她就是娜塔莎吗？”

娜塔莎虽然住在彼得堡或莫斯科等大都市，却完全跟社交界绝了缘，她把全副精神都集中在家事和养育小孩上面，从未参加过任何集会。

娜塔莎常常啰哩啰唆地干涉皮埃尔的日常生活，她是一个有领导欲的女人。

因此，皮埃尔不但没有女朋友，就连对生疏的女人随便笑一下都不敢。光棍时代的他最喜欢的旅行，现在也不能高兴地说去就去了。他虽然有的是金钱，却不能随心所欲地买东西，因为这些事情，他都要一一获得娜塔莎的准许才行。

延伸思考

【举例说明】通过列举事例，说明了娜塔莎对皮埃尔的严厉约束，看不出娜塔莎还很强势呀！

但当皮埃尔在书斋里读书或开始写东西的时候，娜塔莎又变成一个又细心又体贴的女人，很周到地照料着他。

“唉，疲倦极了！来一杯茶多好……”

皮埃尔正这么想的时候，娜塔莎便端着茶，笑容可掬地走进他的书斋里——这是常常有的事。

照社会一般的说法，女人结婚以后应该像小姐时代那样留心化妆，否则丈夫看了会生厌……但娜塔莎完全相反，她根本就不理睬这些。

她对于自己的打扮一点儿都不关心，对于一个又一个出世的孩子，全都用自己的奶喂给他们吃。这是因为皮埃尔说：这样对婴儿最好。她听从丈夫的话而这样做，当时的贵妇人里面可以说几乎没有人这样做。

总而言之，娜塔莎是一个最会照顾家庭的女人。她热爱她的丈夫和他们的孩子，至于别的事情，她一切都不想做——她就是这样的一个女人。皮埃尔也很满意能娶到一

延伸思考

【概括说明】通过概括总结，把娜塔莎热爱丈夫、照顾孩子、不问世事的贤妻良母形象刻画了出来。

个这种性格的妻子。

名家点评

皮埃尔热衷于他的政治事业，娜塔莎相夫教子，尽管她变得有些强势，对皮埃尔严加约束，但依然是幸福的一家。

拓展训练

1. 皮埃尔如今热衷于何事？

2. 娜塔莎性格上有何巨大变化？

3. 娜塔莎为何选择母乳喂养？

索妮亚

名家导读

尼古拉、玛丽亚、娜塔莎、皮埃尔他们都有了美满的婚姻和家庭，只有索妮亚一人还没着落，她的将来会是什么样呢？

庆祝命名的前一天——12月5日，尼古拉吃了中饭，打算要午睡一会儿，便到书斋里去了。

这些日子，玛丽亚为筹备庆祝事宜，忙得透不过气来，最近两三天连跟尼古拉好好谈话的时间也没有。

除了娜塔莎一家人住在他们家之外，还有尼古拉的战友们也来了，邻近城市的显要们来参加的也很多。为了准备这些人的酒菜，也够麻烦的。

尼古拉到了书斋以后，玛丽亚也走出了饭厅。她到小孩房间逗孩子们玩了一会儿，心里想：尼古拉如果还没有睡的话，可以去跟他商量明天的事。于是，她蹑手蹑脚地穿过走廊，朝书斋那里走过去。

她五岁的大儿子也跟在后面，学着母亲的样子——蹑手蹑脚地走着，但玛丽亚没察觉到。

延伸思考

【情景描写】通过描写玛丽亚五岁大的儿子跟在母亲身后蹑手蹑脚的样子，显示出孩子的调皮可爱。

途中，玛丽亚碰见正从书斋那里走来的索妮亚。

“玛丽亚，他已经睡着了。老大去会吵醒他……”索妮亚注视着玛丽亚的后面说。

玛丽亚听了这话，才晓得大儿子也跟来了。她一边做手势叫老大别出声，一边不加理会地走进书斋里去。

对于索妮亚的好意，玛丽亚采取不理睬——漠视的态度，这不是头一次，而是常常有的事。

延伸思考

【交代说明】通过交代玛丽亚对索妮亚的好意不予理睬的事实，显示出索妮亚现在尴尬的处境。

要结婚以前，尼古拉曾又坦白又仔细地把索妮亚的事情告诉玛丽亚。然后，他请求玛丽亚可怜索妮亚的境遇，好好地待她，别使索妮亚感到孤苦无依……

玛丽亚当然毫无条件地答应了尼古拉这种要求，她也曾深深地同情着索妮亚的身世。

罗斯托夫家的经济如果不困难的话，成为尼古拉的妻子的将是索妮亚，而不是自己——玛丽亚想到这些，觉得自己仿佛是夺掉索妮亚终身幸福的元凶。笃信基督教的玛丽亚，对于索妮亚不得不抱着自我责备的念头，而且这种意念又那么强烈。

但尽管如此，玛丽亚无论如何总是无法喜欢索妮亚。她常常为了芝麻大的事，任性地挖苦索妮亚，对她说着刻毒的话。事情过后，她又对自己这种行为深深感到懊悔。

那是作为尼古拉的妻子的玛丽亚本能上感到的嫉妒。

有一次，玛丽亚忍住羞耻，将她对索妮亚的这种不正常的感觉告诉娜塔莎。

当时娜塔莎想了一会儿，回答她说：

“是的，我也常认为索妮亚是一个多么可怜的人。以前，我曾衷心地盼望哥哥能跟索妮亚结婚成为夫妻，但不知怎的，那时候我就有一个预感，觉得这件事恐怕不容易实现。她好比结不出果实的花——草原中常常有的。我们虽然觉得她可怜，但也许索妮亚本人并不这样想，我想我们也希望她过得快活……”

实际上，要称索妮亚为家族的一员，不如说她很像被一个家庭饲养、而对家庭很留恋的一只猫。

延伸思考

【比喻手法】通过比喻修辞手法的运用，把索妮亚现在的处境和心理状态形象地表现了出来。

她不懈地照料伯爵夫人，把玛丽亚的孩子当作自己所生的孩子般疼爱着。玛丽亚把自己的孩子宠到无法无天的地步，但索妮亚连一句怨言也没有，她仍然起劲地做着她应该做的工作。

索妮亚似乎舍不得离开尼古拉这个家，因为她从未想过到别的地方去。

名家点评

索妮亚现在跟尼古拉一家生活在一起，玛丽亚和她相处并不和谐，好可怜的索妮亚。

拓展训练

1. 玛丽亚正在为何事而忙碌？

2. 玛丽亚与索妮亚相处如何？

3. 玛丽亚将她对索妮亚的看法告诉了谁？

春到人间

名家导读

尼古拉被孩子的吵闹声惊醒了，他们一家快乐地打闹着，这时候有人来了，会是谁呢？

尼古拉在书斋的沙发上熟睡着。他跟玛丽亚一样，为了准备庆祝的事情忙得筋疲力尽。

玛丽亚不打算跟尼古拉谈话了，只是脉脉含情地望着自己深爱的丈夫熟睡的脸。

这时候，种种往事浮现在她的脑海。

以前，玛丽亚侍候脾气很坏的父亲——老公爵，常常在镜子前面照着面孔，告诉自己：像我这样不好看的女人，大概不会有人愿意跟我结婚……

延伸思考

【回忆描写】通过描写玛丽亚对往事的回忆，衬托出今天她所拥有的幸福生活。

她忆起那时的绝望和烦闷，觉得现在的幸福简直如梦境一般。

玛丽亚对于把尼古拉那样好的丈夫赐给自己的上帝，不知道该怎样感谢才好。

玛丽亚盼望世界上所有的人，都像她那样过着充满幸福的生活，而且对于那些不幸的人应该好好关照……她常常这样想着。

正在这个时候，本来乖乖地依偎在玛丽亚身边的老大，忽然抓了抓尼古拉的头发，说：

“爸爸，起来吧。妈妈也在这里呢！”

玛丽亚吓了一跳，忙制止大儿子，并想立刻走出书斋。

但已经太迟了，她三岁的女儿大概是听到玛丽亚和老大到书斋里来了吧，也连忙跑了来。

小女孩看见了玛丽亚，便用又大又响亮的声音一边喊“妈妈”，一边跑近玛丽亚的身边来。

他们这些骚动，把安眠中的尼古拉吵醒了，他慢慢爬起来。

“对不起！把你吵醒了。”

“没有关系，没有关系。哦，娜塔莎也来了？过来，爸爸抱抱你……”

尼古拉兴高采烈地说着，将小女孩抱起来。

尼古拉和玛丽亚为了纪念安德烈公爵，把大儿子取名为安德烈；至于小女孩，就叫她为娜塔莎。

小安德烈看见妹妹——小娜塔莎被父亲抱在怀中，他不乐意了，不服气地往尼古拉的肩上爬……

“好啦，好啦！爸爸累极了，别打扰他，我们到那边去。”

玛丽亚嘴里虽然这么说，却不忍心把孩子们拉开。她望着孩子们往健壮的尼古拉身上跳过去或吊在他的脖子上兴致勃勃跟他玩的情景，脸上不禁浮着微笑，甚至看得入神。

“咦！这个家伙打算把爸爸拉倒的样子……”

尼古拉说着，跟玛丽亚的视线相逢的时候，喜溢眉宇地微笑起来。他们陶醉在天伦之乐的幸福里。

那时，马车到达的声音从正门那里传来了。

“尼古拉，一定是皮埃尔回来啦！娜塔莎不知有多高兴哟！我现在去看他一下，你也马上来吧。”

玛丽亚说着，将孩子让尼古拉照管着，自己赶忙走出书斋。

玛丽亚走到门口的时候，娜塔莎已经出去迎接皮埃尔了。

延伸思考

【解释说明】多么有意思和有纪念意义的名字！通过解释儿子与女儿命名的缘由，表达了对安德烈公爵的纪念。

皮埃尔刚从外面进来，冷得浑身发抖，胡须上还留着白白的雪。但娜塔莎不管这些，却在那里唠叨着：你为什么回来得这么迟呀？怎么连一点消息也没有呀？

延伸思考

【神态描写】通过描写皮埃尔低头不语、默默地接受娜塔莎唠叨的样子，真是让人忍俊不禁。

对于娜塔莎的诉说，皮埃尔连一句话也没有，只把头垂得低低的。

“好啦，好啦，已经说得差不多啦！原谅他吧，娜塔莎。尽管他回来得迟了点儿，为了参加明天的庆祝会，他不是特地赶回来了吗？”玛丽亚帮皮埃尔讲话。

娜塔莎回头望着玛丽亚，把舌头吐了一下，像一个调皮的孩子那样扮着鬼脸。她因为皮埃尔回来了，心底的高兴禁不住显露在脸上。

皮埃尔被娜塔莎带进伯爵夫人的房间里向丈母娘请安。

过了一会儿，尼古拉和玛丽亚也走进伯爵夫人的房间。他们看见伯爵夫人兴奋地紧紧握着皮埃尔送给她的东西，那是老人家梦寐以求的金制鼻烟壶，壶上还有罗斯托夫伯爵的肖像呢！

尼古拉开伯爵夫人的玩笑说：

“妈妈，您得到好东西了。您一边抽烟，一边还能看到去世的爸爸的面孔，那不是很有意思吗？”

延伸思考

【语言描写】伯爵夫人激动的语言，流露出她对今天子孙满堂的幸福生活的满足与欣慰。

“是这样的，是这样的。我有了像你们这样的女儿、女婿、儿媳妇，真是幸福极了。我想你们的父亲要是能看到你们四个人在一起，他不知道有多么高兴。”伯爵夫人一边说，一边流眼泪。

在夫人旁边打毛线的索妮亚，温柔地用手帕揩掉夫人的眼泪。

同时，索妮亚还把她用毛线打的东西藏在自己的围裙下面。因为，那是她打算送给尼古拉的礼物——袜子。

正在这个时候，安德烈公爵的儿子带领着两对夫妇的孩子们，跳跳蹦蹦地跑进这位祖母的房间来。

这些孩子们立刻纠缠着皮埃尔，这个也要皮埃尔给他东西，那个也要皮埃尔给他东西。

在这一群小孩中间，有一条又高又强壮的狼狗跳来跳去，它用舌头时而舐这个小孩的脸孔，时而舐那个小孩的手……

这条狼狗，就是那次打野狼时的卡拉伊的第二代，也取名为卡拉伊。

一时，家道中落、灾难连绵的罗斯托夫伯爵家，从此又欣欣向荣了。小孩子们的欢笑声，整天在房子内外响着。

名家点评

尼古拉、玛丽亚、娜塔莎、皮埃尔、索妮亚、伯爵夫人，还有打打闹闹的孩子们，这个大家庭终于大团圆了。

拓展训练

1. 尼古拉和孩子正在打闹时谁来了？

2. 面对娜塔莎的唠叨，皮埃尔做何反应？

3. 皮埃尔送了伯爵夫人一个什么礼物？